suhrkamp taschenbuch 3481

Ulrike Edschmid hat sich als Chronistin bewegter Lebensläufe einen Namen gemacht hat. Aus Gesprächsprotokollen destillierte sie Texte über Frauen von Schriftstellern (*Verletzte Grenzen*, 1992) oder über Frauen ihrer Generation, die eine terroristische Tat begangen haben (*Frau mit Waffe*, 1996). Das Staunen über die unscheinbaren Details, die einem Leben seine eigentümliche Farbe, seine erst im Erinnern sichtbare Richtung geben, hat auch ihre erste literarische Arbeit inspiriert.

Ein Paar unterwegs in Italien. Es ist eine Abschiedsreise. Kurz vor dem Städtchen M. liegen Fototüten am Straßenrand. Negative, Bilder einer Hochzeit. Ohne zu wissen warum, nimmt die Frau den Zufallsfund an sich und schleppt ihn mit sich herum, fast zwanzig Jahre lang. Erst als ihr Sohn heiratet, macht sie Abzüge. Was sie sieht, läßt sie nicht los. Wer sind die Menschen auf den Bildern? Wieso lagen die Tüten an jenem gewittrigen Nachmittag am Straßenrand? Aus welcher Zeit stammen sie? Warum stellen die fremden Bilder in ihren Händen »die Ordnung der Dinge in Frage«? Unerklärlich berührt, entschließt sie sich, nach M. zu fahren. Ihre zunächst harmlose Spurensuche entwickelt sich zu einer unheimlichen Geschichte. Je mehr sie das Geheimnis aufzuhellen versucht, desto tiefer gerät sie selbst hinein. Die Autorin spürt dem lautlosen Verschwinden nach, das sich unseres Lebens in jedem Augenblick bemächtigt. Es ist die Melancholie der Zufälligkeit, die einen aus ihrer klaren und genauen Erzählung anweht.

Ulrike Edschmid
Nach dem Gewitter

Suhrkamp

2. Auflage 2016

Erste Auflage 2003
suhrkamp taschenbuch 3481

Printed in Germany
Umschlag: hißmann, heilmann, hamburg
ISBN 978-3-518-39981-1

Nach dem Gewitter

Für B. M.

Es würde bald regnen, hatte die Französin in der Osteria unten am See gesagt. Der dritte Tag der Reise war schwül gewesen. Am frühen Abend des 10. Juli 1981 zog sich der Himmel zu. Schwere Wolken hingen über der alten Stadt auf dem Berg. Die ersten Tropfen fielen, als sich die Landstraße teilte. Wir hielten uns links. Der Weg, der rechts abzweigte, schien von der Stadt wegzuführen.

Die Reise war ein vergeblicher Versuch, sich noch einmal nahezukommen. Er hatte eine andere und ich einen anderen. Er hatte die andere zuerst. Aber es war schon vorbei. Ich hatte den anderen später, und es war mehr daraus geworden. Als sich der Weg zum zweiten Mal teilte, entschieden wir uns für den, der jetzt rechts abbog und am Affengrab vorbeiführte. Links verzeichnete die Landkarte zwar auch ein etruskisches Grab, aber beide waren geschlossen und der Weg am Affengrab vorbei schien kürzer. Autos waren kaum unterwegs. Nur ein klappriger Ape hatte uns kurz nach der ersten Gabelung überholt.

Die Straße nach M. stieg steil an. Sie war unasphaltiert, mit Schotter bedeckt und staubig. Zwei mächtige eckige Türme rückten hinter einer Kurve in den Blick, um in der nächsten wieder zu verschwinden. Auf dem Hügel vor uns tauchte eine Zypressenreihe auf.

Während wir gegen die dichter fallenden Tropfen anliefen, erzählte er mir den Film eines polnischen Regisseurs. Er spielte auf einer Insel und handelte von einem Schuster, dessen Dreifuß erobert werden mußte, um die Herrschaft auf dieser Insel an sich zu reißen. Die Insel hieß »Insel der Liebe«. Ich weiß nicht mehr, warum ich die Geschichte als obszön empfand.

Meine Gedanken waren woanders. Ich hörte nur mit halbem Ohr zu und folgte den Grasbüscheln am Straßenrand. Der Regen wurde heftiger, und wir gingen schneller. Es war kurz nach dem Affengrab, in einer Rechtskurve, als ich die erste längliche, weißblaue Tüte mit einem roten Streifen in der Mitte sah, mich bückte und im Gehen danach griff. Ein paar Meter weiter die zweite. In einer der nächsten Kurven bildete eine vorspringende Felsplatte auf der linken Straßenseite ein Dach, unter dem bereits der Ape wartete. Das Gewitter entlud sich, als ich alle Tüten eingesammelt hatte, die letzten bereits ziemlich durchweicht. Sekunden später prasselte Hagel auf das Felsdach und fiel dumpf in den Staub der Landstraße.

Ich habe mir nie erklären können, wie es kommt, daß aus Bruchstücken einer Linie oder einer Bewegung die Vorstellung eines Ganzen entsteht. Wenig Licht fiel zwischen die Hagelkörner unter das Felsdach, doch es reichte aus, um auf dem ersten der drei großformatigen Farbnegative, die ich als Streifen aus einer der Tüten nahm, eine Bewegung nachzuzeichnen. Obwohl nur mit Mühe erkennbar, schien sie mir ganz und gar eindeutig. Eine Frau neigt sich über einen Tisch, auf dem eine weiße Spitzendecke liegt. Ihre Haltung ist feierlich. Der Rand eines großen Hutes schlägt eine

Welle schräg durch den Bildausschnitt; von rechts unten nach links oben, seitenverkehrt. Im Vordergrund ein Strauß Rosen. Wenn das Negativ die Komplementärfarben wiedergibt, müssen sie rot sein.

Der Fahrer des Ape hatte während des Gewitters stumm, abgewandt, im Führerhaus gesessen. Als es aufklarte, setzte er sein dreirädriges Gefährt vorsichtig zurück und fuhr, ohne uns eines Blickes zu würdigen, weiter den Berg hinauf. Ich ließ mir den obszönen Film zu Ende erzählen, und wir erreichten eine Bar an einem Platz gegenüber der Kirche. Die Tüten lagen zum Trocknen auf unserem Marmortisch. Wir teilten sie auf. Vier steckte ich in meine Tasche. Zwei nahm er – als Erinnerung. Beim Abstieg hinunter zum See war es dunkel geworden. Wir legten uns nebeneinander in das feuchte Zelt, das von Hagel und Gewitter unversehrt auf der Wiese neben der Osteria stand.

Mein Leben war aus den Fugen geraten. Ich kehrte in die Stadt zurück, in der ich Jahre des inneren und äußeren Aufruhrs erlebt hatte. Alles war dort anders geworden. Ich fand mich nicht mehr zurecht. Es zog mich in die verregnete Stadt am Pazifischen Ozean unweit der kanadischen Grenze, wo der andere in einem Holzhaus lebte. Wenn ich nach Wochen oder Monaten zurückkehrte, wechselte ich die Wohnung, die ich mit fremden Menschen teilte. In den Zimmern, die ich bis zur nächsten Reise bewohnte, lagen die blauweißen Tüten mit dem roten Streifen zunächst lose in den Regalen auf den Büchern. Im Jahr darauf bewahrte ich sie in der marmorierten Mappe mit der braunen Gummikordel auf, die ich auf meiner letzten Reise in die Stadt am Pazifik in einem Schreibwarenladen gekauft hatte. Als meine Mutter starb, legte ich die Mappe in die Biedermeier-Vitrine, die ich zu einer Zeit, als wertvolle Möbel für mich nur Ballast gewesen waren, in ihre Obhut gegeben hatte und die jetzt zu mir zurückgekehrt war.

Wenn ich versuchte, Pläne zu machen und meinem Leben eine Richtung zu geben, holte ich die Negative hervor, hielt ein paar Streifen ans Licht und legte sie wieder zurück in die Mappe. Dann verschwanden sie für Monate in der Vitrine. Seit dem ersten, vom Hagel verdunkelten Blick unter dem Felsdach kam mir immer wieder die Frau in den Sinn, die sich, über die Altardecke geneigt, mit einer Bewegung, die ich kaum erkennen kann, in etwas Unauflösliches begibt. Ihre Handbewegung ist kein Federstrich, keine eilige Geste, wie es die meine gewesen war, die den neuen Namenszug alltäglich erscheinen lassen sollte, um dem Augenblick, den niemand mit der Kamera festhielt, seine Endgültigkeit zu nehmen. Die Frau mit dem Hut schreibt mit Bedacht. Sie weiß, was sie tut. Sie weiß, daß sie sich für immer bindet. Über die anderen Szenen – Hüte, heilige Kommunion, Familie, Bräutigam, Priester – glitt ich flüchtig hinweg. Ich kehrte stets zu dem ersten Streifen zurück, der mir unter dem Felsdach in die Hände geraten war. Mit der Lupe tastete ich das Gesicht der Frau ab. In ihren Zügen suchte ich nach einer Spur, die von der Hand, die das Gelöbnis besiegelt, zu der Hand führt, die die Bilder dieses Augenblicks auf der Straße nach M. fortgeworfen hat.

Lange hatten die Tüten dort nicht liegen können. Dramatische Ereignisse mußten vorausgegangen sein. Kurz vor dem Gewitter erreichten sie, Vorboten einer meteorologischen Entladung, ihren Höhepunkt. Etwas war geschehen. Alles, was auf den Negativen zu sehen ist, hatte seine Gültigkeit verloren.

Ich stelle mir die Frau vor, ohne den großen Hut, in einem Taxi sitzend, das von der Osteria kommt und in die Stadt hinauffährt. Sie stammt aus der Stadt auf dem Berg, ist gerade von der Hochzeitsreise zurückgekehrt. Ein Fotograf hat Bilder gemacht, die Filme inzwischen entwickelt. Kurz nach der Mittagspause, als der Fotoladen in der neuen Unterstadt wieder geöffnet ist, hat sie unter den Augen des Fotografen auf dem Leuchttisch die Negative angeschaut, um die schönsten auszuwählen. Sie zieht die Filmstreifen langsam über das Licht, ihr Blick bleibt an einem Streifen haften, sie senkt den Kopf tiefer, hält inne. Im Verwirrspiel der verkehrten Seiten und Farben erkennt sie etwas, das sie irritiert; sie erkennt es, weil sie es bereits ahnt. Sie rafft die Negative zusammen, stürzt aus der Tür. Der Fotograf macht eine hilflose Geste hinter ihr her. Es ist sein Film. Er hat die Fotos gemacht. Sie sollte nur auswählen. Kleine Abzüge für das Album. Größere für den Nachttisch. Mehr nicht. Er kann gerade noch sehen, wie die Frau in ein Taxi steigt.

Von der Unterstadt zu dem alten Backsteingebäude am See, wo die Französin ihr Restaurant betreibt, gibt es keinen direkten Weg. Das Taxi fährt bergauf in die Altstadt, dann am Affengrab vorbei zur Osteria hinunter. Die Frau nimmt den Seiteneingang über die Terrasse mit dem Glasdach, das auf gußeisernen Säulen ruht. Die Französin am Empfangstresen steht mit dem Rücken zu ihr, wendet aber den Kopf, als sie die Tür schlagen hört. Hinter der Tür dehnt sich die Zeit. In der Stille, die herrscht, gefriert die Ahnung zur Gewißheit. Ich habe die Frau erst wieder im Taxi vor Augen, als sie denselben Weg zurück nimmt, den kürzesten, am Affengrab vorbei. Sie sitzt hinten, auf der rechten Seite. Das Fenster ist wegen des aufwirbelnden Staubes nur wenig heruntergekurbelt. Gerade haben sie die unscheinbare, auf der Karte mit drei roten Punkten als Sehenswürdigkeit markierte vergitterte Öffnung in der Böschung passiert. Da schiebt sie die erste der Tüten, die in ihrem Schoß liegen, sachte, damit es der Fahrer im Rückspiegel nicht bemerkt, durch den Fensterspalt. Eine nach der anderen folgten. Lautlos fallen sie in den Grassaum am Wegesrand.

Es kann auch alles ganz anders gewesen sein; kein dramatisches Ereignis, sondern Achtlosigkeit. Ein Lehrling aus dem Fotoladen macht sich auf den Rückweg vom Labor in die Stadt. Ohne die gerissene Naht am Boden der Tasche zu bemerken, steckt er den Stapel Negativtüten hinein und schnallt sie auf den Gepäckträger seiner Vespa. Es ist später Nachmittag. Mit Vollgas nimmt er die Steigung hoch zur Stadt. Erste Tropfen fallen. Hinter dem Affengrab macht die Straße eine Rechtskurve. Noch ein paar Schottersteine, und die untersten Tüten rutschen aus der kaputten Tasche, eine nach der anderen. Kurz vor dem Wolkenbruch erreicht er das Geschäft. Sein Chef nimmt die Tasche entgegen, entdeckt das Loch, kontrolliert den Inhalt. Der Lehrling wartet, bis der Himmel aufklart. Dann macht er sich wieder auf den Weg, fährt in Gegenrichtung langsam die Strecke ab, die Augen am Straßenrand, bis zum Labor. Nichts. Längst liegen die Tüten zum Trocknen auf einem Marmortisch in der Bar gegenüber der Kirche von M., neben meinem Kaffee. Der Fotograf verliert die Nerven, der Lehrling die Stelle, einem Brautpaar fehlen Erinnerungsstücke. Kein Bild, das Zeugnis gibt. Nur der Schatten einer Bewegung am Straßenrand.

In einem Sommer Mitte der achtziger Jahre fuhr ich noch einmal seinetwegen in die Gegend von M. Ich kam mitten in die letzten Proben zu »Macbeth«. »Le strege«, hörte ich ihn über den weiten Platz vor der Kirche rufen, »... le strege in positione!« Die Hexen, junge Mädchen aus der Umgebung, stürzten ihren Espresso herunter und kamen aus der Bar, in der er »Maestro« genannt wurde. In der Nacht der Premiere wehte ein eisiger Wind durch die Stuhlreihen, in denen sich die leicht bekleideten Bewohner des Ortes drängten. Ich saß in eine Decke gehüllt. Die Musik, die der Schüler eines zeitgenössischen Komponisten zum Stück geschrieben hatte, klang beunruhigend über den Platz. Die Hexen erschienen vor dem Portal der Kirche, in schwarze Müllsäcke gewickelt. Vom Kirchturm her fiel das Licht auf die Szene. Die Müllsäcke glänzten hart und kalt. Am nächsten Tag fand ich weder die Osteria noch das Affengrab wieder. An die beiden Tüten mit Negativen, die er damals nach dem Gewitter in der Bar an sich genommen hatte, konnte er sich nicht erinnern. Auch nicht an den obszönen Film des polnischen Regisseurs. Der Weg vom See hinauf nach M. schien vom Erdboden verschluckt. In der Unterstadt verfuhr ich mich in den vielen neuen Straßen, die alle zu einem Supermarkt führten.

Wieder in meiner Stadt, zog ich nach Jahren zum erstenmal in eine eigene Wohnung. Die Vitrine stand in meinem Arbeitszimmer, die marmorierte Mappe mit den Negativen lag im obersten Fach. Rückblickend drängt sich der Eindruck auf, daß ich die Mappe nicht zufällig in den Tagen kurz vor der Hochzeit meines Sohnes aus der Vitrine nahm und Abzüge machen ließ.

Das Gesicht der Frau, das ich nach sechzehn Jahren zum erstenmal auf einem Abzug sehe, ist schön. Die Züge ebenmäßig und liebenswert, der Mund weich, die Augen dunkel und groß. Der Hut, mit einem Schleier bedeckt, verschattet es nicht mehr, wie auf dem Negativ. All die Jahre hatte ich die Linie, die Welle gesehen, die der breite Rand des Hutes schlägt. Die Bewegung der Hand, die, so stellte ich mir vor, der Welle des Hutrandes folgte, ist nun auf dem Abzug, durch den man nicht mehr hindurchblicken und die eigenen Bilder unendlich fortsetzen kann, unwiderruflich zum Stillstand gekommen. Der Füllfederhalter sticht silbern in den schwarzen Hintergrund. Sie beugt sich über ein Buch mit grün geädertem Einband und abgestoßenen Ecken, das auf einem violetten Samtkissen liegt und durch das Gewicht der auf ihm lastenden Hand leicht in die Luft ragt. Ihr Zeigefinger ist abgeknickt, so fest drückt sie ihn auf den Füllfederhalter. Wie bei einem heftig, doch unbeholfen schreibenden Schulkind schimmert die Haut über dem Gelenk weiß. Aus dem Dunkel des Kirchenraumes starrt ein Männergesicht mit schwarzem Schnurrbart. Schneeweißer

Hemdkragen, dicker roter Krawattenknoten. Sein rechtes Auge schaut ernst und unverwandt auf die Braut, die ihren Namenszug unter ein Dokument setzt. Das andere ist fest und hart auf den Betrachter gerichtet. Der Mann könnte um die dreißig sein. Etwas geht in ihm vor. Die Rosen haben ihre ursprüngliche Farbe. Sie sind rot.

Das zweite Bild zeigt eine etwa dreißigjährige Frau im Profil. Auch sie trägt einen großen weißen Hut – allerdings ohne Schleier – und setzt ihre Unterschrift in das Buch, das jetzt auf der anderen Seite des Tisches liegt. Tiefblauer Schatten auf den Augenlidern, schmale feine Nase, schmale Lippen; die obere ragt ein wenig über die untere, Kinn energisch. An der rechten Hand ein großer Ring mit rotem Stein. Der Hut – seidig glänzend, die Krempe vorne breiter als hinten, wie bei einer Haube. Sie beugt sich über den Kirchentisch und firmiert das grün geäderte Buch, als zeichnete sie eine Rechnung ab. Effizient und praktisch. Gleich wird sie sich wieder aufrichten, die Sache ist erledigt. Von ihrem festen Körper im engen roten Satinkleid fast verdeckt ein Mann in mittelblauem Anzug, der Bräutigam. Einreihiges Jackett, dessen oberer Knopf über dem eingefallenen Brustkorb geschlossen ist, während es über dem hervortretenden Bauch auseinanderklafft. Sein Blick fällt argwöhnisch auf den Kirchentisch. Zwei violette Samtkissen, auf dem einen das grün geäderte Buch, in das gerade geschrieben wird. Auf dem anderen ein hellrot gebundenes mit dem Titel »La Famiglia«. Daneben die Braut bis zur Taille sichtbar. Spitze gerade Schultern unter gekräuseltem Ärmelansatz. Ihr Gesicht liegt jetzt im

Schatten, den der Hut der anderen Frau auf sie wirft. Am rechten Bildrand, von der Seite zu sehen, der Priester, Hand und Ärmel angeschnitten, eine Brille, der Blick auf die Unterschrift gerichtet, feister Hals, sehr kleines rotes Ohr.

Im dritten Bild ist der Mann mit Schnurrbart an den Tisch getreten. Er steht aufrecht, während er unterschreibt, den Kopf ein wenig geneigt, beide Hände auf dem grün geäderten Buch. Entweder ist er klein, oder vom Tisch führen seitlich Stufen hinunter, so daß er tiefer als die andern steht. Das Gesicht, das zuvor herrisch und bedrohlich aus dem Hintergrund auf die Braut und auf die Betrachter starrte, ist jetzt blaß, fast sanft, vom Blitzlicht des Fotografen ausgeleuchtet.

Dieser Mann wirkt an dem Vorgang auf eine ebenso undurchschaubare Weise beteiligt wie die Frau im roten Satin. Für sie scheint es sich um ein Geschäft zu handeln. Sie nimmt, während er etwas gibt. Er könnte der Bruder der Braut sein, obschon außer seinen ebenso regelmäßig geschwungenen Augenbrauen nichts darauf hindeutet. Aus seiner Haltung spricht eine Besorgtheit, die mit ihrer, der Braut, Klarheit und Verzagtheit korrespondiert. Ein stilles Einverständnis herrscht zwischen den beiden, ein Wissen, das sie fein verschlossen halten.

Die Hochzeit sollte in meiner Wohnung stattfinden. Ich mußte Platz zum Tanzen schaffen, überlegen, wo das Buffet stehen würde, Eisblöcke in die Badewanne transportieren, Hotelzimmer und andere Übernachtungsmöglichkeiten für die Familie der Braut ausfindig machen, die aus Ungarn und der Schweiz anreiste. Seit ich wußte, daß mein Sohn heiraten würde, hatte sich in mir ein zunächst befremdliches, aber nicht zu leugnendes Interesse an Hochzeitsbildern geregt. Zum erstenmal bemerkte ich es, als mir ein Buch mit französischen Fotografien aus den dreißiger Jahren in die Hände fiel, das ich lange und nicht ohne Wehmut betrachtete. Wunderschöne Bräute in lang fließenden Brautkleidern aus Crêpe de Chine schritten am Arm ihrer Männer die grauen Steintreppen vor Kathedralen herab, manchmal sechs Paare hintereinander. Eine Hochzeitsgesellschaft saß vor brechend vollen Tischen, die Braut flirtete mit einem Mann, der nicht ihr Bräutigam war, ein Kellner balancierte Tabletts mit Hühnern. Solche Fotos gab es in meiner Familie nicht.

Auf dem dritten Bild ist die Braut am schönsten. Mehr und mehr enthüllt sich ihre Gestalt, löst sich wie eine Skulptur aus der Zeremonie. Sie steht da, aufrecht und schlank. Kleine Falten überziehen ihr Kleid, wie sie früher in meine Röcke eingenäht wurden, um sie im nächsten Jahr, wenn ich gewachsen sein würde, auszulassen. Vor der Säule mit den Längslinien der Rillen wirkt das Kleid statuenhaft – ein antikes Gewand. Nur die Rüschen am Hals sind ein zärtlicher Stilbruch, der die Gestalt der Braut aus den Ateliers der Haute Couture in die Hände ihrer Schneiderin zurückgibt. Die Finger der linken Hand sind leicht geöffnet, eine Geste, der der Körper folgen will. Obwohl ich den anderen, den rechten Arm nicht sehen kann, bin ich sicher, daß sie ihn genauso hält wie den linken. Ihr Körper spannt sich, als ob sie dem Mann mit dem Schnurrbart noch etwas sagen, ihn vor etwas zurückhalten wollte. Zugleich nimmt sie diese Regung mit dem Blick zurück, betrachtet ruhig den Vorgang, die Gedanken irgendwo in einer Zukunft verloren, die hier niedergelegt wird. Sie steht da in makellos strenger Eleganz – viel zu elegant für das Leben, dem sie nun angehört. Eine Fremde.

Der Blick, der sich von außen auf die Bilder richtet, ist bedrohlich. Zur Zeit seiner Entstehung mag ein Foto gut oder schlecht, vorteilhaft oder unvorteilhaft sein; später aber wird es zum Dokument, an dem sich das gelebte Leben mißt und bricht. Herausgerissen aus der Geschichte, der es angehört, ohne Zusammenhang mit dem Leben des nächsten, des übernächsten und aller folgenden Tage, ist es ein Zeuge der Unwiederbringlichkeit. Der Mißklang zwischen der staubigen Landstraße und dem, was auf diesen Bildern zu sehen ist, nimmt ihnen alles Zufällige. Am Straßenrand sind sie nicht mehr harmlos. Dort bergen sie ein Geheimnis. Etwas stimmt nicht an diesem Tag. Etwas wird sichtbar an den beiden Trauzeugen, für das ich in den Bildern selbst keine Erklärung finde. Hätten die Negative nicht kurz vor Ausbruch des Gewitters dort gelegen, so wären sie Hochzeitsbilder geblieben wie es sie zu Tausenden gibt. Sie wären nicht zu unveränderlichen Zeichen der Vergangenheit geworden, sondern unmerklich im Leben ihrer rechtmäßigen Besitzer mitgewachsen – im Album oder auf dem Nachttisch. Hätte ich sie nicht aufgehoben, bevor der Hagel auf sie niederschlug, wären sie nicht Teil meines Lebens geworden und hätten mich nicht so viele Jahre begleitet und darauf gewartet, entschlüsselt und ans Licht gehoben zu werden. Wenn ich sie am nächsten Morgen in der Osteria oder im Fotoladen in der Unterstadt abgegeben hätte, wären sie nicht mehr als ein Achselzucken wert gewesen. In meinen Händen aber stellen sie die Ordnung der Dinge in Frage.

Das vierte Bild zeigt das Paar noch einmal an dem Tisch, an dem zuvor unterschrieben wurde, den Blick auf den Altar gerichtet. Die Trauzeugen sind an den Bildrand ausgewichen. Rechts vom Bräutigam, angeschnitten, die Frau im roten Satin. Auf der anderen Seite der steife weiße Hemdkragen und die Stirn des Mannes mit Schnurrbart. Im dunklen Kirchenschiff sitzt die Familie zwischen zwei Säulen mit ionischen und korinthischen Kapitellen, in der ersten Reihe deutlich erkennbar eine alte Frau in dunklem Kleid mit spitzem Ausschnitt, eine Perlenkette um den Hals. Ihre Haare sind fein gefaßt. Sie lächelt. Sie könnte die Großmutter der Braut sein. In der Reihe dahinter eine dicke Frau in grell geblümtem Kleid, Gesichtsausdruck mürrisch, daneben eine zweite, ebenfalls mürrisch. Alle haben den rechten Arm angewinkelt – auch die Frau, von der ich mir wünsche, sie möge die Großmutter der Braut sein – und schlagen das Kreuz, wobei die Frau in Rot im Verzug ist, denn sie holt so weit aus, daß ihre rechte Hand fast über ihre linke Schulter hinausschlägt, während alle anderen bereits beim Amen angelangt sind und die Hand gleich fallen lassen werden. Der Blick des Bräutigams ist nach oben gerichtet oder auf die Madonna, die ich vor ihm am Altar vermute. Die Lippen hat er leicht geschürzt, als wollte er pfeifen. Die Braut unter dem großen Hut schaut in sich hinein. Über ihrer Gestalt liegt Ernst, keine Trauer, aber auch kein Glück. Ihre Anmut nimmt dem Ernst die Schwere. Der Bräutigam mit seinen geschürzten Lippen gibt sich leichtfüßig. Und doch wirkt er wie ein Spielball der Kräfte, die im dunklen Kirchenschiff zwischen den Säulen jede Geste des Brautpaars verfolgen.

In meiner Familie wurden keine Hochzeiten gefeiert. Als ich Kind war, feierten nur die Bauern, an Tischen mit Braten und Buttercremetorten, und meine Mutter verwandelte das Mädchen, mit dem ich gestern noch die Kühe gehütet hatte, für einen Sack Kartoffeln in eine Märchenprinzessin. Anmutig schritt sie am Hochzeitsmorgen in weißen Schuhen die matschige Schloßgasse hinauf. Hinter ihr wand sich eine Schlange feierlicher Männer in zu eng gewordenen Konfirmationsanzügen den Berg hoch, gefolgt von behäbigen Frauen in aus der Mode gekommenen, wadenlangen Kleidern. Träge zog die Schlange durch den Schloßhof, wo ich sie aus einer Fensternische verfolgte. Wenn sie meinem Blick entschwunden war, rannte ich den Flur entlang bis zur Wendeltreppe. Von einem Absatz aus konnte ich einen letzten Blick auf die Braut werfen, bevor sie durch das Portal in die Kirche trat, die in einem Teil des ebenerdigen Gewölbes untergebracht war, während im anderen unser Winterholz lagerte. Am Abend, wenn alle Hochzeitsgäste betrunken waren, stopfte meine Mutter heimlich Torte in ihre Einkaufstasche, die sie eigens dafür mitgenommen hatte.

In meiner Familie heiratete man heimlich. Meine katholische Mutter hatte meinen protestantischen Vater heimlich geheiratet und dann ein Telegramm nach Hause geschickt. Das gleiche tat ihre schöne Schwester, die sich einen Mann im Rollkragenpullover nahm; meine Großmutter hielt ihn für einen Boxer, obwohl er gerade eine Medaille im Rudern gewonnen hatte. Auch der Bruder meiner Mutter heiratete heimlich, aus Gründen, die nicht überliefert sind. Es kann nicht nur am Krieg gelegen haben. Vielleicht war es inzwischen Tradition geworden, weil es immer jemanden gab, der dagegen war. Fotos, wenn überhaupt, wurden vor dem Standesamt gemacht. Lässig blickende Männer, einen leicht ironischen Zug um den Mund. Schicke Bräute in Kostümen mit Hütchen und halbem Schleier, ohne Strauß. Auch sie leicht verschämt. Seit der Jugendbewegung und der Periode der neuen Sachlichkeit betrat man eine Kirche bei uns nur noch aus baugeschichtlichem Interesse. Ich habe meine Mutter niemals kniend gesehen. Als sie später wieder zur Messe ging, konnte sie ihr Knie schon nicht mehr beugen. Dann heiratete sie noch einmal – ohne Foto – auf dem Standesamt und gab die Kirche endgültig auf. Wie es bei meinen Großeltern war, weiß ich nicht, weil ich sie nicht kannte und nie ein Bild von ihnen als Brautpaar sah. Nur von meiner Urgroßmutter mütterlicherseits wurde berichtet, daß sie »nein« sagte, als sie hätte »ja« sagen sollen, und im Brautkleid und Schleier vom Altar zu ihrem Liebsten floh, der vor der Kirche in einer Kutsche auf sie wartete. Meine Hochzeit war eine Eheschließung. Mein Bräutigam stoppte die Minuten und kam auf vier; es soll die schnellste Trauung auf dem zuständigen Standesamt gewesen sein. Danach gingen wir in einen Fotoautomaten. Da wir später noch oft in Fotoautomaten gesessen hatten, konnte ich die Hochzeitsserie bald nicht mehr von den anderen unterscheiden.

Mein Sohn heiratete eine schöne, geschmückte Braut. Es gab eine dreistöckige Hochzeitstorte, weinende Mütter und Väter, die ihre Tränen unterdrückten. Es tanzten die ehemaligen Ehefrauen mit den ehemaligen Ehemännern, die ehemaligen Schwiegermütter mit den ehemaligen Schwiegersöhnen und die Kinder aus der ersten Ehe mit den Kindern aus der zweiten Ehe und aus den Verhältnissen. Es kamen Großmütter mit onduliertem Haar, eine intonierte am Klavier Lieder von Gershwin, die ein Teil der Familie auf ungarisch mitsang. Es kamen Großtanten, Tanten und Onkel, die bald betrunken waren und auf den vielen Fotos, die es nachher zu sehen gab, ein wenig verschwommen wirkten.

Auf dem fünften Bild ein anderer Tisch, darauf ein Kreuz mit dem Gekreuzigten. Der Priester ist um die vierzig. Links von ihm die Braut, rechts der Bräutigam. Bis zur Taille sichtbar, frontal. Alle drei führen die Hostie zum Mund. Der Priester in der Mitte beugt sich tief über den Tisch; kahler Schädel, winzige Hand, die die Hostie hält und gierig zum Mund führt. Sonnenbrille im Stil der sechziger Jahre, eckig breit. In der anderen Hand das Tablett, von dem er soeben die Hostie genommen hat. Er scheint sich eher an einem Buffet zu bedienen, als den Leib Christi in sich aufzunehmen. Der Bräutigam hält den Kopf geneigt, die rechte Hand am Mund, an etwas nagend. Die Braut legt die Hostie vorsichtig auf ihre Zunge. Mit der Lupe versuche ich zu erkennen, ob das Abbild einer Heiligen auf die Vorderseite des Altartisches gemalt ist oder ob es sich um ein Mosaik handelt. Die Heilige hält die Augen geschlossen. Ein schmales grünes Blatt hat sich optisch in einem die Mundwinkel herabziehenden Bogen über ihre Lippen gelegt, was ihr einen beleidigten Gesichtsausdruck gibt.

Auf dem sechsten Bild trinkt der Bräutigam. Er steht im Profil, hat den Kelch mit dem Wein fest gefaßt, während der steife weiße Kragen seines Hemdes sich in den rund geschnittenen Haaransatz schiebt. Der Priester schaut in die Kamera. Abfallende, dennoch mächtige Schultern unter dem Gewand. Er steht in leicht gebückter Haltung hinter dem Altartisch, beugt sich wie ein Sänger zu einem Mikrophon, das hinter dem Gekreuzigten verborgen ist. Seine scharfe, gebogene Nase, der kleine Mund, den er über einem schweren, in den Hals übergehenden Kinn zusammenkneift, die tiefe Falte auf der Stirn sind deutlich zu erkennen. Die Hälfte des massigen Gesichts von Bartstoppeln übersät. Die Sonnenbrille noch dunkler als zuvor. Im siebten Bild reicht er der Braut den Kelch. Seine auffallend kleinen Hände fassen nach, eilig, warten schon, ihn wieder an sich zu nehmen. Sein Kopf noch tiefer in Kinn und Hals versunken. Das Gesicht noch undurchdringlicher hinter den schwarzen Gläsern. Die Braut hebt den Kelch mit beiden Händen an die Lippen. Der Bräutigam steht im Profil, schaut in ihre Richtung, aber er schaut sie nicht an. Nie schaut er sie an.

Möglicherweise war die ursprüngliche Reihenfolge der Trauungszeremonie anders. Sie wird einem festgelegten Ritual gefolgt sein, das ich nicht kenne. Meine katholische Mutter hatte diese Dinge nicht so genau genommen und mich nach dem Tod meines Vaters aus Angst vor meiner Großmutter an einem Weihnachtsabend protestantisch taufen lassen, als ich schon in die Schule ging. Die Kirche, der ich seitdem angehörte, war nicht nur protestantisch, sondern reformiert, von allem gereinigt, was den Dienst an Gott hätte versüßen können. Nur das Wort war geblieben, das mich in einer nicht enden wollenden Litanei am Reformationstag mit leerem Magen in die Ohnmacht trieb. Kein Altar schmückte das Gewölbe, das früher einmal als Kerker gedient hatte. Nur ein nacktes Holzkreuz und der falsche Gesang der Bäuerinnen, vom Brummen ihrer Männer untermalt. Neidisch dachte ich an die Katholiken im Tal, die Flüchtlinge. Zur Messe überschritten sie, die es unten am Fluß zu einem gewissen Wohlstand gebracht hatten, die wenige Kilometer entfernte Grenze ins Bayrische. An manchen Wintersonntagen, wenn der Schnee die Straßen verweht hatte, konnte es vorkommen, daß sie sich die Kirche mit den reformierten Protestanten teilen mußten. Aber wenn der Schnee die Wege ins Bayrische wieder freigab, hinterließen sie keine Spuren: kein Madonnenbildnis, vergessen auf den Bänken, nicht ein Stückchen golddurchwirkter Borte vom Gewand des Priesters, keinen Duft. Die Trennungslinie zwischen den Religionen war scharf gezogen. Die ärmlichen Häuser der Reformierten zogen sich, die Andersgläubigen unter sich lassend, den Berg hinauf und schmiegten sich um das Schloß, in der ich mit meiner Mutter in der Diaspora lebte. Ihre Religion aber war längst zu einer fernen Kindheitserinnerung an Beichte und Übelkeit erregenden Weihrauch verblaßt.

Ich hatte mich von dem Bild, das ich als erstes sah, in die Abfolge hineinziehen lassen und blätterte das Geschehen von seinem Ende her auf. Die Braut, die ich auf dem ersten Bild sah, muß bereits Ehefrau gewesen sein. Bilder von dem Augenblick, als man ihr den Ring ansteckte, habe ich nicht. Es sind die, nehme ich an, die ich bei der Aufteilung nach dem Gewitter nicht in meine Tasche steckte und die jetzt verloren sind. Verloren ist auch der Augenblick, als der Bräutigam seinen Namenszug in das grün geäderte Buch setzt, was ihm auf den Bildern, die sich in meinem Besitz befinden, die Entschiedenheit eines Mannes nimmt, der sich zu seiner Frau bekennt. Statt dessen entdecke ich jetzt Bilder, die ich nicht zuordnen kann. Offenbar gehören sie zu einer zweiten Hochzeit.

Das vorletzte, das achte Bild zeigt das Paar in Nahaufnahme.
Wie aus dem Bild gedrängt steht der Bräutigam rechts von der Braut am äußersten linken Rand. Bläulicher Schimmer an Kinn und Wangen. Rechter Mundwinkel hochgezogen und leicht geöffnet. Das Kinn vorgestreckt. Der Blick geht aus dem Bild hinaus. Die Augen verfolgen zwei verschiedene Richtungen. Das linke Auge folgt der Richtung des Kopfes. Das rechte weicht ab, schaut um die Ecke im weiten Winkel irgendwohin. Im Vordergrund, zwei Drittel des Bildes ausfüllend, die Braut. So dicht war der Fotograf selbst im ersten Bild nicht an sie herangetreten. Die Braut wirkt fast ein wenig bedrängt von Linse und Blitzlicht. Sie schaut auch hier nicht ins Objektiv. Der Blick ist, wie auf allen anderen Bildern, gesenkt. Das Gesicht hat hier einen kindlichen Ausdruck. Ein kleines Mädchen im Sonntagskleid, ein wenig stolz, ein wenig scheu. Vor dem schwarzen Hintergrund wirkt der weiße Hut mit dem Schleier fast wie ein Schein.

Von Anfang an hatte ich mir vorgestellt, daß das Gesicht der Frau zart sein würde. Im Negativ war es nicht mehr als ein Schatten unter dem Hutrand gewesen. Und doch hatte das, was es in seinen Umrissen ausstrahlte, ausgereicht, mich jahrelang in seinen Bann zu ziehen. Jetzt wird etwas sichtbar, was mir vertraut ist und was ich damals, unter dem Felsdach im Hagel, ahnte, obwohl ich es nicht sehen konnte. Es wird deutlich, wenn die Frau, wie im ersten Bild, von rechts aufgenommen ist. Die rechte Seite liegt bloß. Es ist jene Verzagtheit darin, die ich in meinem eigenen Gesicht wiederfinde, wenn ich die Streifen aus dem Fotoautomaten betrachte, von denen einer der Streifen meiner Hochzeitsfotos ist. Ich lächle. Das Lächeln ist vertrauensvoll und von größter Vorsicht zugleich. Kein Stolz. Kein sicheres Wissen. Nur ein Versuch. Die Frau auf dem Foto mag im gleichen Alter sein wie ich damals. Mitte zwanzig. Auch sie lächelt. Auch ihr Lächeln ist ungeschützt und von größter Vorsicht.

Das letzte, das neunte Bild. Das Paar frontal. Im Hintergrund der Tisch, an dem sie vorher die heilige Kommunion empfangen haben. Braut und Bräutigam stehen nebeneinander, sichtbar von Kopf bis Fuß. Wieder spannt sein Jackett am oberen geschlossenen Knopf und klafft darunter auseinander. Der Gürtel sitzt unterhalb der Taille. Die Hosen, an den Oberschenkeln enganliegend, gehen unten in einen leichten Schlag über und stauen sich auf den Schuhspitzen. Der Stoff des Anzugs glänzt matt. Krawatte marineblau, breiter Knoten. Der Bräutigam blickt jetzt direkt in die Kamera.

Bisher war ich davon ausgegangen, daß der Sommer, in dem ich den Weg nach M. hinaufging und die Tüten mit den Negativen vom Straßenrand aufhob, der Sommer war, in dem dieses Paar in irgendeiner der alten Kirchen der Umgegend sich das Ja-Wort gab.

Jetzt, da ich den Bräutigam zum erstenmal in voller Größe sehe, merke ich, daß seine Erscheinung nicht in jenen Sommer paßt. Es hätte mir schon eher auffallen können; im Sommer 1981 waren die Koteletten wieder kürzer, die Krawatten und Hemdkragen schmaler, die Gürtel saßen wieder in der Taille, Schlaghosen waren längst nicht mehr in Mode. Der Anzug des Bräutigams entspricht dem, was ein Mann zu Beginn der siebziger Jahre trug. Aber kam die Mode mit solcher Verspätung nach M.? Oder hatten die Negative möglicherweise noch an einem ganz anderen Ort gelegen, bevor sie am Abend des 10. Juli 1981 an der Landstraße nach M. auftauchten?

Neben dem Bräutigam die Braut, eine Handbreit kleiner als er. Wieder kein Blick in die Kamera. Sie lächelt in Richtung ihres Mannes, aber sie lächelt an ihm vorbei. Das Kleid, das sich nicht wie der Anzug des Bräutigams datieren läßt, fällt über die Schuhe hinab und endet in drei Rüschenbahnen. Es steht für sich, nicht für seine Zeit. Es steht nur für den Augenblick und ist Ausdruck der inneren Welt der Braut, nicht der äußeren. In der linken Hand hält sie einen Rosenstrauß mit umwickelten Stielen, hilflos und verlegen. Plötzlich wirkt auch das Kleid mit den Rüschen bieder, ja hausbacken. Nichts finde ich mehr von der antiken Schönheit der ersten Bilder. Auf diesem letzten Bild ist die Braut verändert, scheinbar älter geworden, als blickte sie bereits auf etwas zurück, ihre Züge schärfer, eine leichte Bitterkeit um den Mund. Die Anmut ist aus ihrer Haltung gewichen. Geblieben ist die Pose, fast demütig und puppenhaft steif. Sie lächelt, aber das Lächeln gilt nicht ihr selbst, es führt nicht nach innen, wie zuvor; es ist an andere gerichtet und verliert sich, wie um Verzeihung bittend, im Dunkel des Kirchenschiffs. Kein Lächeln wendet sich an den Mann neben ihr. Keines seiner unterschiedlichen Augen sucht den Weg zu ihr. Sie stehen nebeneinander und berühren sich jetzt zum erstenmal. Sie hat seine Hand gefaßt. Mit der Lupe aber erkenne ich, daß es nur sein Daumen ist, nach dem sie greift. Seine Hand hängt herab.

Wenn ein Bild nur ein Abbild der Wirklichkeit ist, das im Auge des Betrachters entsteht, dann hat der Fotograf die Braut mit den Augen eines Liebenden gesehen. Untrüglich hat er Zeichen gesetzt, die der Braut bewußt gewesen sein müssen. Sie läßt sich anschauen und bleibt doch unerreichbar. Nie blickt sie in die Kamera, nie in das Auge des Fotografen, und ist dennoch stets der Blickfang. Sie ist es auch dann noch, als die Frau im roten Satin mit dem Rand ihres Hutes das Gesicht der Braut überschattet. Auch dann noch ziehen ihre geraden schönen Schultern und ihre kleinen Brüste unter dem gefältelten Stoff ihres Kleides alle Aufmerksamkeit auf sich. Wie eine Geliebte hat der Fotograf die Braut umschmeichelt – bis er sie am Ende aus seinem Blick entläßt und sie zur Ehefrau eines Mannes macht, den er bloßstellt. Er mußte wissen, daß dieses das letzte, das wichtigste Bild sein würde, das offizielle, in dem sich alles zusammenfügt, was sich zuvor aufgebaut hat. Alle anderen Aufnahmen waren Schritte einer Bewegung, die dort hinführte, zu diesem Bild. Daran wird sich das Paar halten, auf dem Nachttisch, auf dem Schreibtisch, ein Leben lang. Aber dieses Bild ist leer. Es ist nur Form und Fassade. Mit jedem Auslöser hat der Fotograf Spuren gelegt, von denen eine zu ihm selber führt. Auf den Tüten jedoch, die am Rand der Straße nach M. lagen – kein Name, kein Hinweis, nichts.

In den ersten Januartagen des Jahres 1967 bin ich diese Strecke schon einmal gefahren. Ich kann mich nicht erinnern, ob der Zug damals in M. hielt. Ich hatte keinen Schlafwagen genommen, sondern die Vorhänge des Abteils mit einer Sicherheitsnadel zugesteckt. Die dunkelrot gepolsterten Sitze waren zu einem breiten Bett ausgezogen. Neben mir lag mein Sohn. Sein warmer Atem streifte mein Gesicht.

Im Schlafwagen, mit dem ich die Strecke mehr als dreißig Jahre später wieder zurücklege, flüstern die beiden jungen Frauen in den Betten über mir. Sie fahren in die Stadt, in die ich damals fuhr. Eine der beiden hat die Prüfung für die Filmschule bestanden. Aus den leisen Worten kann ich nicht heraushören, welche Filme sie begeistern. Es fallen keine Namen, keine Titel, an denen ich etwas festmachen könnte. Nur die Schule, so glaube ich zu verstehen, ist noch dieselbe. Damals, im Winter 1967, wurde im Centro Sperimentale di Cinematografica gestreikt. Meine Freundin und ich wohnten im einzigen Haus in einer kleinen Straße unterhalb des Giannicolo, in einer Wohnung mit großer Dachterrasse. Wenn unsere Kinder schliefen, mischten wir uns unter die streikenden Studenten der Filmschule. Es fielen Begriffe, die bald eine Trennungslinie zwischen denen festlegen würden, die einfach nur Filme machen, und denen, die damit die Welt verändern wollten. Vielleicht suchten wir dort die Verbindung zu unseren fernen Männern, die an einer anderen, neugegründeten Filmschule ähnliche Diskussionen führten wie die Studenten hier. Später entdeckte ich mich in einem Buch mit Abbildungen aus jener Zeit. Die Fotos zeigen die Räume eines Verlegers in der Via del Babuino. Der Verleger, der selbst in dem Buch nicht zu sehen ist, wurde sechs Jahre danach tot an einem Hochspannungsmast gefunden, wo er, wie es hieß, einen Sprengsatz hatte anbringen wollen. Damals, in seinen Räumen, im Jahr 1967, halten mehrere junge Männer die Objektive ihrer Fotoapparate in ein und dieselbe Richtung. Auf einem Foto bin ich am rechten Bildrand zu erkennen, wie ich den Objektiven mit den Augen folge, und was ich sehe, zeigt das nächste Foto. Ein antiker Schreibtisch, darunter Berge von Papier und Müll und ein Mann mit Sonnenbrille. Auf dem Schreibtisch ein als Frau verkleideter Mann. Er versucht einen Handstand. Ein anderer, im dunklen Hemd, trägt eine Arriflex-sechzehn-Millimeter-Kamera auf der Schulter, er scheint den Vorgang zu filmen. An der Wand der Schattenriß des als Frau verkleideten Mannes mit hochgestrecktem Bein. Die Gesichter der Betrachter, auch meines, ernst und aufmerksam. Nur meine Freundin lächelt – auf einem anderen Foto –, links unten im Bild. Vermutlich beobachtet sie, was sich unter dem Schreibtisch abspielt, vielleicht den Mann im Müll. Ich trage am kleinen Finger der linken Hand meinen Ehering aus schwarzem Onyx mit einem Diamanten in der Mitte. Neben mir, größtenteils verdeckt, die tiefschwarzen Haare und das dunkle indianische Gesicht des Mannes, der mich an diesem Abend ansprechen wird. Er wird mir nahekommen und für die Spanne eines nicht ausgelebten Gedankens alles in Frage stellen, was ich an klaren Entscheidungen mit auf die Reise genommen hatte. Jahre nachdem ich zurückgekehrt war, sah ich ihn eines Tages vor mir gehen. Ich wußte nicht, daß er in meine Stadt gekommen war. Die wilde archaische Schönheit, die mich einmal beinahe dazu gebracht hatte, alles über Bord zu werfen, war milder Sanftmut gewichen. Seinen Namen, den ich nicht vergessen hatte, fand ich im Telefonbuch in einer kleinen Straße verzeichnet, in die er eingebogen war, wenige Schritte von dem Haus entfernt, in dem ich jetzt lebe.

Mein Sohn hatte Laufen gelernt, als ich kurz vor Ostern 1967 wieder nach Hause fuhr. In dunkelblauen Schnürstiefeln machte er schwankende Schritte auf seinen Vater zu. Die Hand umschloß einen großen Lutscher in der Form eines Huhns, in dessen Bauch ein mit Zuckerguß überzogenes und mit Schokolade gefülltes Ei eingelassen war. Bevor er seinen Vater erreichte, fiel ihm das Huhn aus der Hand und zerbrach wie Glas auf den Steinplatten der Bahnhofshalle. Nur das Ei rollte unversehrt davon. Ich weiß nicht, warum mir in diesem Augenblick klar wurde, daß unser gemeinsames Leben schon vorüber war.

Seit ich Abzüge von den Negativen hatte machen lassen, war es meine Gewohnheit geworden, allen Menschen, die ich traf und die irgend etwas mit Italien zu tun hatten, von diesen Bildern zu erzählen. Eines Tages, davon ging ich aus, würde ich auf die Person treffen, die mir bei der Aufklärung der Umstände, die zu meinem Fund am Rand der Landstraße nach M. geführt hatten, helfen könnte.

»Das kriegst du nie raus«, hatte ein italienischer Freund gesagt, »nicht nach so langer Zeit.« – »Geh in die Osteria«, riet mir ein Kenner italienischer Literatur, der in der Gegend von M. ein Haus gekauft hatte, »der Besitzer kennt jeden« – und die Frau mit dem französischen Akzent fiel mir wieder ein. R., in dessen Autobiographie ich die Fotos aus der Via del Babuino entdeckte, hatte ich aus den Augen verloren. Zudem lebt er nicht an dem See, an dem die Geschichte ihren Ausgang nahm, sondern am nächsten, etwas weiter südlich. Das Haus, das die zweite Frau meines ersten Mannes besitzt, scheint beim flüchtigen Hinschauen nicht allzu weit von M. entfernt. Wenn man aber die Karte eingehender betrachtet, werden die vielen Schluchten, Berge und Serpentinen deutlich, die zu überwinden sind, um hinauf zum Niccone-Fluß zu gelangen, von wo aus man mit einem Fernglas vielleicht bis nach M. schauen kann.

Meine Freundin aus jenem Winter 1967 setzte acht Jahre später ihrem Leben ein Ende. Von ihr hatte ich damals die wenigen Worte gelernt, die ich als erste brauchen würde, um verfolgende Männer abzuwehren und mich alleine in der Stadt bewegen zu können: »Vai mangiare sapone!« »Geh Seife essen!« Mein Italienisch hat sich seitdem um einiges erweitert, aber es reichte nicht aus für das, was ich vorhatte. Dann kam Ostern auf der Dachterrasse von K. Der Ostergast von K. war in den siebziger Jahren des eigenen Landes überdrüssig geworden und nach Italien gegangen. Die Erwähnung des Ortes M. rief die Erinnerung an eine Freundin aus jenen Tagen wach. Eigentlich lebe sie nicht in M., besitze aber in der Nähe ein großes Haus, in das man sich einmieten könne. Mit Hilfe einer Detailkarte und des dritten Bandes aus dem Italienwerk, das der Großvater meines Sohnes geschrieben hatte, fand ich das Affengrab wieder, kurz vor der Rechtskurve.

Wenn ich heute lese, was dort über das Affengrab steht, kann ich nicht begreifen, daß ich damals so sehr mit meinen Gedanken an das kleine Holzhaus in der verregneten Stadt am Pazifischen Ozean beschäftigt war und achtlos daran vorüberging. In all den Jahren, die seitdem vergangen sind, war es nicht mehr als ein Markierungspunkt für das, was ich am Wegrand gefunden hatte. Um mir die siebenundzwanzig Stufen, die hinter dem unscheinbaren vergitterten Eingang in die Grabkammern hinabreichen, vorzustellen, muß ich mir den Kartoffelkeller meiner Kindheit in Erinnerung rufen, dessen breite Treppe ebenso viele Stufen tief hinunter in die Erde führte. Ein schmaler Lichtstrahl fiel durch die kleine Pforte, die in das mächtige Holztor eingelassen war. Schritt für Schritt schwächer werdend, fiel er bis auf den Grund des Kellers auf nackte fahle Triebe, die aus dem Kartoffelberg hervorschossen und in die ich schauernd hineingriff. Die Totenwelt der Etrusker aber, so lese ich, sei die Welt des wirklichen Glücks gewesen, deren Bewohner schöner abgebildet worden seien als je die Lebenden. Nichts sei für ihre Grabstätten kostbar genug gewesen, und ein kleiner Affe, sorgfältig gemalt, sei dort unten an einen Baum gebunden.

Die beiden jungen Frauen schlafen noch, als der Zug in M. einfährt. Er hält und läßt die Schlafwagen weit vor dem Bahnsteig zum Stehen kommen. Es ist Herbst. Dennoch hatte ich mir einen frühen Morgen in M. selbst um diese Jahreszeit wärmer vorgestellt. Ich bin die einzige Reisende, die das hohe Trittbrett hinunterklettert und mit Gepäck die Schienen überquert. Während ich auf die Rückseite des Bahnhofsgebäudes zulaufe, sehe ich jenseits der Gleise die Gestalt stehen, die mich so früh am Morgen erwartet. Ohne sie hätte ich mich niemals auf die Suche machen können. Sie ist auf allen folgenden Wegen anwesend, auch wenn ihre Stimme nicht vernehmbar ist.

Von den Gleisen aus wirkt der Bahnhof wie weit außerhalb jeder Ortschaft gelegen. Doch tritt man aus der Halle, steht man bereits in der neuen Unterstadt. Taxis, Cafés, direkt gegenüber ein Fotoladen. Eine breite Straße führt durch das Geschäfts- und Büroviertel, dann fahren wir den Berg hinauf in die Altstadt, durch Gassen, wir lassen die Stadtmauer hinter uns, nehmen ein kurzes Stück breiterer Straße bergab;

am Monte F. entlang wird sie schmaler und ist nicht mehr asphaltiert – Olivenhaine, Schlaglöcher, ein Eichenwald, ein Hügel, eine Einfahrt, ein Turm, eine Villa, ockerfarben.

Vom Turm aus kann ich bis zum See schauen. Die Straße, die von der Altstadt zu der ockerfarbenen Villa führt, geht weiter bis zu der Stelle, wo wir damals links abgebogen sind. Auch dort ein etruskisches Grab. Hier trifft sie auf den Weg, der am Affengrab vorbeiführt und oben in der Altstadt endet. Die Osteria ist durch Erhebungen und Baumgruppen verdeckt und vom Turm aus nicht zu erkennen.

Ich hätte diese Reise schon früher machen, sie forcieren können. Aber ich wollte die Balance, die ich auch sonst in meinem Leben zu halten versuche, nicht aufs Spiel setzen. Ich müßte, hatte ich gedacht, nur auf den richtigen Augenblick warten und dann der Spur folgen, damit sich am Ende alles klärt. Was mir aus der Ferne einfach und selbstverständlich vorgekommen war, erscheint mir jetzt, am Ort, unüberwindlich. Plötzlich bilden die fast zwanzig Jahre, die vergangen sind, seit ich die Tüten mit den Negativen vom Straßenrand aufgehoben habe, einen Abgrund, der sich zwischen mir und den Menschen, nach denen ich suche, auftut. Die Nähe, die sich aus der Ferne hergestellt hat, ist meine Nähe, nicht ihre. Sie wissen nichts von mir. Das, was ich von ihnen zu wissen glaube, entnahm ich den Bildern, um mir davon erneut Bilder zu machen. Nie habe ich daran gedacht, daß das, was ich sehe, nur ein Ausschnitt aus ihrem

Leben ist, den der nächste, der folgende Schritt auslöscht. Nie habe ich mir diese Menschen in Bewegung vorgestellt. In meiner Vorstellung sind sie erstarrt, festgehalten in der Verschlußzeit einer Kamera im Bruchteil einer Sekunde. Das Leben jedoch ist ungehindert weitergegangen. Es ließ sich nicht aufhalten von dem Augenblick, an dem meine Vorstellung beginnt und an dem sie endet. Geblieben ist die Illusion, daß die Menschen, die ich jahrelang betrachtet habe, noch dieselben sind, daß ein stummes Einvernehmen zwischen uns existiert, ein wortloses Erkennen. Aber die Zeit hat die Spuren, denen ich gefolgt bin, in den Gesichtern verwischt. Vielleicht gibt es noch einen Rest, unscheinbar und leicht zu übersehen wie ein flüchtiger Hinweis auf etwas, was einmal war, aber nicht mehr ist.

Zum erstenmal nach so vielen Jahren kommen mir Zweifel. Was suche ich eigentlich in dem Leben anderer, mir fremder Menschen, deren Bilder ich nicht gesucht, sondern gefunden habe, wie ich so vieles gefunden habe, ohne es zu suchen? Dinge, die ich sonst am Straßenrand fand, wurden meine. Indem ich sie an mich nahm, entwendete ich sie einer fremden Geschichte. Die Hochzeitsbilder aber konnten nicht in meinen Besitz übergehen. Ich hatte sie mir aneignen können, solange ich nichts von den Menschen wußte. Jetzt, da ich mich ihnen nähere, entferne ich mich – und die Bilder gehören mir nicht mehr.

Der Mann, der jeden kennt, schläft noch. »Mein Mann«, sagt die junge Frau mit den kräftigen, messinggelben Locken hinter dem Tresen. Ihre Augen weisen von der Eingangshalle die Treppe hoch ins Obergeschoß. Sie ist zu jung, um die Französin zu sein. Die Osteria liegt nicht mehr in einer weiten offenen Wiese, die zum See hin abfällt. Rabatten mit Blumen, Büsche und Hecken sind um sie herum gepflanzt und strukturieren das Terrain. Wo unser Zelt stand, reihen sich Obstbäume. Die Osteria ist heute ein feines, teures Restaurant und Hotel inmitten einer gepflegten Gartenanlage. Auf dem Parkplatz die Autos der Gäste, auch der Geländewagen des Mannes, der jeden kennt und oben schläft. Der Weg nach M. ist asphaltiert. Daß die erste Abzweigung nach links fast unmittelbar hinter der Einfahrt zur Osteria folgen würde, hatte ich nicht in Erinnerung. Die nächste Abzweigung kommt etwa zehn Minuten später. Dann, am linken Wegesrand, an einer Böschung und von Gras überwachsen, das Affengrab, mit einer Tafel versehen, auf der Grundriß und Geschichte erläutert werden. Die vergitterte Öffnung ist niedrig. Man muß sich bücken, um auf die schmale Treppe zu gelangen, die siebenundzwanzig Stufen hinabführt. Die Feuchtigkeit hat sich in Tropfen auf das Geländer gelegt. Mattes, milchiges Licht aus runden Lichtquellen an den Wänden. Unten die Kammern mit bemalten Kassettendecken, schwarz und ockerfarben. An Decken und Wänden Schwärme von Eintagsfliegen. Ein kleiner, zartblauer Affe schaut Ringern zu, von denen einer den anderen über die Schulter wirft. Der Kopf des kleinen Affen wirkt nackt. Mit großen, weit aufgerissenen Augen betrachtet er den Zweikampf. Er versteckt sich hinter einem Baum. Vielleicht hält er einen Zweig in der Hand.

Schließlich die Rechtskurve hinter dem Affengrab. All die Jahre war ich mir sicher gewesen, daß ich die Stelle, wo die erste der sechs Tüten gelegen hatte, mühelos wiederfinden würde. Ich würde sie an den unregelmäßigen Grasbüscheln und an dem Felsvorsprung erkennen, der schon von weitem zu sehen wäre. Irgend etwas Unscheinbares, für mich aber eindeutig Wiedererkennbares würde mir sagen: Hier war es. Fast erwartete ich, noch eine letzte der blauweißen Tüten mit dem roten Streifen in der Mitte dort liegen zu sehen; vielleicht die, die den Schlüssel zu dem Fund vom 10. Juli 1981 birgt.

Kurz hinter dem Affengrab tauchen junge Eichen auf, die es damals noch nicht gegeben haben kann. Der Straßenrand ist von Unkraut gereinigt, kein wildes Gras, nur ein weißer Begrenzungsstreifen im grauen Asphalt. Kein Felsvorsprung in der nächsten Kurve, nur die steil ansteigende und mit einem gußeisernen Tor verschlossene Einfahrt zu einem der neuen Einfamilienhäuser, die sich fast bis ans Affengrab heran ausgebreitet haben. Es kommt mir vor, als habe man das Felsdach einfach aus der Landschaft entfernt, aus der es seit Urzeiten herausragte. Ich kann mich unmöglich irren. Auf dem Weg nach M. hinauf gibt es keine andere Stelle am linken Straßenrand und keine Kurve, an der sich vor fast zwanzig Jahren eine Steinformation hätte befinden können, unter der auch ein Ape Platz fand – nur dort, wo eine Doppelgarage steht, an der steilen Einfahrt, in die man wegen der Kurve mit äußerster Vorsicht einbiegen muß.

Ich betrete die Altstadt auf demselben Weg wie im Sommer 1981. Die Bar gegenüber der Kirche, die sich als Dom erweist. Die vorgesetzte, kalkweiße, strenge Fassade wird von zwei sehr schmalen und zwei kräftigen runden Pfeilern gestützt, so daß sich ein überdachter Vorplatz über dem Portal bildet. Auf der rechten Seite schließt sich ein Museum mit einem langen Arkadengang an. Davor ein weiter Platz, die Piazza del Duomo. Es ist später Sonntagmorgen. In der Bar am Platz vor dem Dom, der voll von Menschen ist, die nach der Messe plaudernd herumstehen, arbeitet ein junger Mann an der Espressomaschine. Höflich beugt er sich über den Tresen und hört der Geschichte von den Fototüten zu, die von jetzt an den Beginn eines jeden Gesprächs ausmachen wird. Nein, er kennt niemand auf den Bildern, er kommt nicht von hier, sondern von der anderen Seeseite. Aber da draußen, der Mann mit dem gelben Pullover, der wisse alles. Während ich noch über den Unterschied zwischen einem, der alles weiß, und einem, der jeden kennt, nachsinne, ist der Mann im gelben Pullover, der eben noch mit einem massigen älteren Herrn in dunklem Anzug ins Gespräch vertieft war, verschwunden. Der Platz ist leer. Wie von einer inneren Uhr angetrieben, sind alle nach Hause geeilt zum Mittagessen. Nur der massige Mann steht einen Moment allein und unschlüssig herum, dann geht er langsam, ein dunkler Schatten, auf den Dom zu; seine Konturen verlieren sich vor dem Portal unter dem Vordach, er öffnet eine kleine Pforte und schließt sie hinter sich. Als meine Gefährtin und ich später durch die gleiche Pforte treten, wissen wir sofort, daß dies die Kirche gewesen sein muß, in der die schöne Braut getraut wurde. Der Altartisch ist noch mit derselben oder einer sehr ähnlichen Spitzendecke bedeckt, nur vom Gesicht der Heiligen auf der Vorderseite des Tisches ist der Mißmut gewichen. Kein Blatt verlängert mehr ihre Mundwinkel wie auf dem fünften Bild. Sie schläft sanft und heiter. Was auf den Fotos wie ein Mosaik wirkte, erweist sich als Malerei. Das Innere des Doms ist düster. In der Nähe des Beichtstuhls steht der massige Mann in leisem Gespräch mit einem Jungen, der etwa zwölf Jahre alt sein mag. Ein anderer Junge wartet in einiger Entfernung. Der massige Mann hat seine kleine Hand auf die Schulter des Jungen gelegt und neigt ihm den Kopf zu, als lausche er Worten, die nur für sein Ohr bestimmt waren. Als wir den Dom verlassen, steht er in der gleichen Haltung da wie zuvor. Sein Ohr ist jetzt dem anderen Jungen zugeneigt.

Nach dem Essen fahren wir noch einmal zur Osteria. Diesmal nehmen wir die größere Rundfahrt um den Monte F. herum. Am rechten Wegrand wieder ein etruskisches Grab. Kein unscheinbares Gitter wie am Affengrab, sondern die schwere Steintür von einst. Der Rundweg endet an der Einfahrt zur Osteria. Der

Geländewagen des Mannes, der jeden kennt, steht nicht mehr vor der Tür. Ein wenig weiter in Richtung See das Restaurant »Porsenna«, benannt nach dem Etruskerkönig, wo das Ufer sumpfig wird und daran erinnert, daß hier einmal die Malaria gewütet hat. Pappeln flirren im Licht. Aus einem Wellblechschuppen dringt leise Musik, *Plaisir d'amour ne dure qu'un moment, chagrin d'amour dure toute la vie* ... Am See Angler mit Handy, hochgeschreckt von einer frisierten Vespa. Im Wasser schwimmen Coladosen. In der Bar neben dem Speisesaal sind alle Hocker besetzt für den Espresso nach dem Essen. Auf dem Tresen liegt eine ältliche Mortadella, auf der sich Fliegen tummeln. Der Wirt ist nicht in der Bar. Er ruhe, sagt die Tochter. Nach einer Weile wird er herbeigeholt. Er hört sich die Geschichte an, betrachtet die Fotos, die ausgebreitet auf einem der runden Marmortische liegen, ruft nach seiner Frau, die sich die Hände an der Schürze abwischt, bevor sie die Fotos eines nach dem anderen in die Hand nimmt. »Das ist der ›Vogel‹, sagt sie, *uccello*, und deutet auf den Bräutigam. Mehr sagt sie nicht, sie sagt nicht, wie er wirklich heißt, nur den *sopranome*. Dann geht sie zurück in die Küche. Kein Wort über eine der anderen Personen. Nichts über den Mann mit Schnurrbart, nichts über die Frau im roten Satin, nichts über die Braut, nichts über die Bilder, die wahrscheinlich zu einer zweiten Hochzeit gehören.

Am Abend, in der ockerfarbenen Villa, sehe ich mir wieder die Fotos an, die ich nun schon seit Jahren betrachte. Das Bild, auf dem die Braut am schönsten ist, das dritte, zeigt es ganz deutlich. Das Profil des Bräutigams schiebt sich mit einer langen, blassen Nase vom linken Rand ins Bild – wie ein Schnabel. Die Blässe fällt auf Augen und Wangen, so daß das Profil die vogelartigen Züge einer Halbmaske aus der Commedia dell'arte annimmt – die des Pulcinella vielleicht.

Am nächsten Morgen warten wir in der Bar am Domplatz auf den Mann im gelben Pullover. Er kommt, aber heute, am Montag, hat er es zu eilig, um sich die Fotos anzuschauen. Morgen, sagt er. An der Kaffeemaschine steht ein anderer Barkeeper, ein Einheimischer. Er verweist auf einen etwa fünfzigjährigen Mann im karierten Hemd, ohne Jacke, der mit einem anderen, etwa gleichaltrigen über den Platz kommt und mir wegen seiner offensichtlich gefärbten Haare und seiner Sonnenbrille mit Tropfengläsern im Stil der siebziger Jahre schon gestern, nach der Messe, aufgefallen war. Der im karierten Hemd sei der jetzige Priester. Einen katholischen Priester hatte ich mir anders vorgestellt. Nichts unterscheidet ihn von den Bankangestellten und Ladenbesitzern, die am Sonntag nach der Messe plaudernd auf dem Platz herumstanden. Nicht einmal ein schmaler weißer Streifen am Halsausschnitt deutet auf das Gelübde hin, das ihn von den anderen Männern trennt. Der Priester und der Mann mit dem gefärbten Haar bleiben noch einen Augenblick stehen, dann geht der andere davon und verschwindet in einer Seitengasse. Auch der Priester ist in Eile. Er wirft nur einen flüchtigen Blick auf das nebeneinander stehende Brautpaar im neunten Bild; bereits im Gehen erkennt er die eigene Kirche, den Dom, und rät uns, seinen Vorgänger zu befragen, der dort vorne gerade ins Auto steige, um zu einer Taufe zu fahren. Wieder schaue ich dem massigen

Mann nach, der am Sonntag eine Weile allein auf dem leeren Platz stand und dann durch die Pforte im Dom verschwand. Die auffallend kleine Hand, die gestern auf der Schulter des Jungen lag, scheint das einzige, was von damals geblieben ist. Nur die Hand dieses massigen Mannes, der einmal der Priester war.

Später noch einmal zur Osteria. Wir warten auf der Terrasse unter dem Glasdach mit den gußeisernen Säulen. Der Mann, der jeden kennt, kommt. Ergrautes, leicht gewelltes Haar, ein Medaillon mit Madonna am goldenen Kettchen im halboffenen Hemd. Niemand würde dem Mann mit dem Medaillon ins Gesicht sagen, wie man ihn hinter seinem Rücken nennt. Niemand – und schon gar nicht eine Frau. Niemand, der die geheimen Regeln eines Landstrichs kennt, würde aussprechen, was meine Mutter einem Mann im Dorf gegenüber ausgesprochen hat, dem aus Gründen, die meine Mutter nicht kannte, der Name »Schneck« gegeben worden war. Vom Schloßhof aus hatte der »Schneck« aus offensichtlich eindeutigen Motiven nach meiner Mutter gerufen und gebeten, heraufkommen zu dürfen. »Nein, Herr Schneck!«, hatte meine Mutter zurückgerufen. »Nein, Herr Schneck, ich bin gerade beim Baden!« Sie hatte es so laut und deutlich gerufen, daß ihre Worte nicht nur für den »Schneck« gut vernehmbar waren. Auch der Läutejunge hatte zugehört, als er am Turm neben dem offenen Fenster unserer Küche, in der meine Mutter in die Wanne stieg, darauf wartete, daß es sieben würde, um die Bauern mit der Glocke vom Feld zu holen.

In Windeseile verbreitete er nach dem Läuten nicht nur, daß der »Schneck« sich an die Kriegerwitwe auf dem Schloß heranmachen wollte, sondern auch, wie diese ihn hatte abblitzen lassen, und meine Mutter hatte einen Feind.

Es wird damals gewesen sein, denke ich, als die Französin ihn verließ, daß er seinen zweiten, seinen *sopranome* bekommen hat; er mußte seinen verletzten Stolz an etwas auslassen, und mangels anderer Möglichkeiten wird es die Parmaschinkenkeule gewesen sein, die schon in jenem Sommer 1981 in einem speziellen Gestell auf der Theke der Bar in der Eingangshalle der Osteria hing. Anfangs werden seine Schnitte heftig gewesen sein. Mit der vergehenden Zeit aber wird das scharfe lange Messer leichter und spielerischer durch die Mulde geglitten sein, die sich in der Keule bildete, bis es schließlich eine Kunst wurde, den Parmaschinken in hauchdünnen Scheiben vom Knochen zu lösen. Zuerst muß es ein ganzer Satz gewesen sein: *loro, qui affetta il prociutto*, »der, der den Schinken schneidet«. Allmählich wird sich der Satz zu *affetta prociutto* verkürzt haben, bis nur noch *affetta* übrigblieb, *affetta* von *affetare*, aufschneiden, und so als verstümmelter Rest den Doppelsinn enthüllt.

Der *affetta* oder »Schinkenschneider« setzt die Lesebrille auf, die über dem Medaillon an einem zweiten Goldkettchen hängt. Ruhig und bedächtig nimmt er die Bilder in die Hand. »Der Vogel«, entfährt es ihm. Aber auch nur »der Vogel«, sonst nichts. Dann, nachdem er ein Foto nach dem anderen betrachtet hat, greift er noch einmal nach dem Bild, auf dem alle Personen mit angewinkeltem rechten Arm zu sehen sind. Er nimmt den linken Rand in Augenschein. Neben der Frau im roten Satin, fast am Rand verschwindend, ist der Ansatz einer Schulter im geblümten Ärmel zu erkennen, dem ich nie eine Bedeutung beigemessen habe. Darüber hinausragend ein schmaler Streifen eines weiteren weißen Hutes. Der »Schinkenschneider« schaut lange auf den geblümten Ärmel. Dann blickt er kurz auf und hat es eilig. Nein, sie haben ihre Hochzeit nicht in der Osteria gefeiert; nein, der Mann, der jeden kennt, erkennt sonst niemanden.

Wegen des Abendessens möchte meine Begleiterin noch bei einem Metzger in Boschetto vorbeischauen, wenige Kilometer nördlich von M. Zuvor waren wir noch kurz in einer Bar an der Hauptstraße eingekehrt, wo sie Wein kauft. Der Besitzer ist alt. Lange schaut er sich die Fotos an. Aber erst, als eine Gruppe von Männern die Bar betritt und sich um den alten Mann schart, kommt ihm, gemeinsam mit den anderen, ein Name und eine Adresse in den Sinn. Sie nicken, sind sich sicher. Sie kennen den Bräutigam. Wieder nur ihn, nicht die Braut und niemanden sonst.

Es war unbedacht, am nächsten Morgen einfach in das Büro des Versicherungsagenten Massimo F., genannt der »Vogel«, in der Unterstadt zu gehen. Es befindet sich neben der Apotheke, in einem modernen Bürogebäude mit grün verglaster Front, einem breiten Eingang mit drei Granitstufen. An der Glastür das Emblem einer Versicherungsgesellschaft. Ich hätte es von Anfang an wissen müssen, doch insgeheim waren meine Gedankenspiele völlig andere gewesen. Gelingt es mir, so hatte ich mir vorgestellt, die Menschen, deren Fotos ich seit Jahren in Händen habe, zu finden, so werden sie mich glücklich in die Arme schließen, als hätten sie die ganze Zeit auf mich gewartet. Die Begegnung mit sich selbst als jungem Paar wird alles hinwegfegen, was sich an Alltag, Abstumpfung, Entfremdung, vielleicht auch Leid und Schmerz oder Schlimmerem in ihnen angesammelt hatte. Dennoch hätte ich wissen müssen, daß ich mir nicht ungestraft jahrelang und ohne daß die Beteiligten davon die geringste Ahnung haben, quasi aus dem Hinterhalt, die Gesichter völlig fremder Menschen aneignen und sie nach Geschichten, Ereignissen, Schicksalen absuchen kann, die ihnen mein Blick abfordert.

Ein großes Büro, drei junge Mädchen an Computern, eine Frau, etwa um die fünfzig oder älter, an einem halbrunden Empfangstresen. Aus Gründen, die ich noch nicht benennen kann, kommt sie mir bekannt vor. Sie telefoniert, streitet, es fällt ein Name, Massimo. Ich versuche in den verbitterten scharfen Zügen die schöne Braut von damals wiederzufinden. Aber sie ist es nicht, kann es nicht sein. Dann knallt sie den Hörer auf. »Was wollen Sie?« Der Ton ist feindselig, noch angeheizt vom vorausgegangenen Telefongespräch. Was wir wollen ...? Was ich will ...? Ich will etwas zurückgeben, was ich jahrelang mit mir herumgetragen habe und was mir nicht gehört. Ich will darüber ins Gespräch kommen und erzählen, wie es dazu kam. Ich will erfahren, was vorausgegangen war. Ich will wissen, was sich hinter dem Fund vom 10. Juli 1981 verbirgt. Und ich will wissen, ob es mehr als ein Zufall ohne Bedeutung gewesen sein könnte, daß ich an jenem Tag nach den Tüten am Straßenrand griff, sie an mich nahm und zu meinem eigenen Leben in eine Beziehung setzte, die ich bislang nicht aufgekündigt habe.

Die Frau mit den bitteren, scharfen Zügen wirft einen schnellen, mißtrauischen Blick auf die Fotos. Es interessiert sie nicht, was wir erzählen. Sie hört gar nicht hin. Wir zeigen ihr nichts Neues. Ihre Fragen sind ohne Wißbegier. Sie schießen hervor, eine nach der anderen. Kein Zwischenraum für eine Antwort. Wer sind Sie? Woher kommen Sie? Woher haben Sie diese Fotos? Wo sollen die gelegen haben? Und was wollen Sie von meinem Bruder? Wir hinterlassen eine Telefonnummer und gehen. Sie ist die Frau im roten Satin.

Bis zu diesem Tag war ich mir sicher gewesen: Wenn ich am Rand einer Straße Negative von Hochzeitsfotos finde, Bilder, die nur aufgrund eines dramatischen Ereignisses dorthin geraten sein konnten, so muß ich davon ausgehen, daß diese Bilder dem Brautpaar fehlen. Mit einer kleinen, wegwerfenden Geste hat die Frau im roten Satin heute, am späten Vormittag, das jahrelang gehütete hypothetische Gebäude zum Einsturz gebracht. Diese Bilder haben niemandem gefehlt, sie werden von niemandem vermißt, von niemandem gebraucht. Sie füllen keine Lücke, bewirken kein Wunder, keinen Neubeginn. Die Abzüge, die das Brautpaar einst vom Fotografen bekommen hatte, kleben seit Ewigkeiten im Fotoalbum, stehen auf dem Nachttisch und vermutlich auf einem der Schreibtische des Büros, das wir gerade verlassen haben. Sie haben sich längst abgenutzt vom täglich über sie hinweggleitenden Blick.

Am Abend warte ich in der ockerfarbenen Villa auf einen Anruf des Versicherungsagenten Massimo F., genannt der »Vogel«, der inzwischen von seiner Schwester erfahren haben wird, daß eine Frau aus Deutschland im Besitz der Negative seiner Hochzeitsfotos ist und mit ihm Kontakt aufnehmen möchte.

Es warten auch die übrigen Gäste des Hauses, die ihre Abreise verschoben haben, um an der Aufklärung der Ereignisse teilzuhaben. Auf den Fotos empfinden sie den »Vogel« als undurchsichtig. Die schöne Braut bedauern sie und nennen sie eine »verkaufte«. Die Frau im roten Satin sei eine Intrigantin und habe schon bei der Hochzeit ein böses Spiel gespielt. Der »Schinkenschneider« verberge etwas, aber was? Auffällig sei auch, daß außer dem »Vogel« bislang niemand auf den Fotos erkannt worden sei, obwohl er, der »Vogel« – und, man könne auch annehmen, seine Frau –, doch in M. ansässig sei und ein Unternehmen betreibe, das ihn mit vielen Menschen in Verbindung bringe. Das Nicht-Erkennen müsse noch andere Gründe als eine durch die Jahre bedingte Veränderung haben. Man spüre ein Zurückweichen bei den Betrachtern, etwas, was sie möglicherweise hindere, genau hinzuschauen. Einig aber sind sich alle, daß jetzt der Fotograf ins Zentrum der Überlegungen gerückt ist.

Am nächsten Morgen kommt der Mann, der alles weiß, immer noch im gelben Pullover ohne Jacke, über den Platz am Dom. Wieder liegen die Fotos ausgebreitet auf einem der Tische in der Bar. Der Mann im gelben Pullover spricht nicht vom »Vogel«. Er sagt »Massimo«, spricht von ihm wie von einem Freund, wundert sich, daß er sich noch nicht bei uns gemeldet habe, will es ihm noch einmal sagen, notiert sich die Nummer der ockerfarbenen Villa. Nein, er war nicht auf der Hochzeit, glaubt sich aber zu erinnern, daß der Fotograf, der damals dabeigewesen sei, schon gestorben ist. Er habe sein Geschäft neben dem Wohnhaus von Massimo F. gehabt, vorn an der Ecke. Dann, seine Stimme wird leise, deutet er auf die schöne Braut. *Una bruta mala*, sagt er, eine grausame Krankheit. Er wiederholt es noch leiser. Mehr sagt er nicht, und wir fragen nicht weiter. Auch nicht nach ihrem Namen. Wir vergessen auch, uns nach dem Priester mit den kleinen Händen zu erkundigen. *Una bruta mala* läßt uns innehalten. Es ist mehr als eine medizinisch diagnostizierbare Krankheit. Es ist ein Schicksal, das eine Grenze anzeigt. An dem großen herrschaftlichen Haus an der Ecke der Piazza del Duomo, dessen Eingang dem etruskischen Museum gegenüber liegt, sind wir schon vorbeigegangen, wenn wir, aus der Villa im Eichenwald kommend, das Auto am Krankenhaus geparkt haben und in die Bar gegangen sind. Auch damals, 1981, muß ich daran vorbeigekommen sein. Die hohen grünen Fensterläden, hinter denen die schöne Braut lebt, sind zu jeder Tageszeit geschlossen. Wie kalt muß es in diesen Räumen sein ohne einen Sonnenstrahl.

Später am Abend ist der Mann im gelben Pullover am Telefon. Er habe sich geirrt. Der Fotograf sei doch noch nicht gestorben und sein Geschäft sei auch nicht das neben dem Wohnhaus von Massimo F. gewesen, sondern das neben dessen Büro in der Unterstadt. Er habe seinem Freund gesagt, daß wir auf einen Anruf warten. Aber der Freund meldet sich auch heute nicht.

Ich friere. Ein eisiger Wind hat während des Tages die letzte Wärme aus der Herbstsonne gefegt. Es lohnt nicht mehr, die Heizung in Gang zu setzen, da die Gäste der ockerfarbenen Villa bald abreisen werden. Auch der Kamin, um den im Salon die Sofas gruppiert sind, bleibt kalt.

Seit wir mit dem Mann im gelben Pullover gesprochen haben, hat sich die Atmosphäre verändert. Wir spüren eine nahezu unmerkliche, dennoch wahrnehmbare Bewegung, wenn wir die Bar am Dom betreten. Nicht, daß man uns den Rücken zukehrte. Es ist nichts Auffälliges. Nur diese nicht greifbare Unruhe, die Blicke und Gesten bindet, wenn sie von einem Gerücht gestreift werden. Etwas hat sich herumgesprochen. Jemand hat nach dem »Vogel« gefragt, und nichts ist mehr, wie es war. Ich weiß nicht, ob es die Häufung der immer gleichen Fragen an die Bewohner von M. ist oder etwas, was der Mann im gelben Pullover, der, da er alles weiß, auch über alles spricht, in Umlauf gesetzt hat. Wir sind nicht mehr unbekannt. Die Blicke, die uns begegnen, erkennen uns, sie wissen bereits. Nicht nur, daß wir Hochzeitsfotos zweier Bewohner dieses Ortes mit uns herumtragen und eine abenteuerliche Geschichte über deren Fundort vor fast zwanzig Jahren verbreiten. Noch etwas anderes löst diese leise Bedrohlichkeit aus, die unseren Fragen das Unschuldige nimmt. Ohne es zu ahnen und ohne es zu bedenken, haben wir an etwas gerührt, dem Krankheit einen Namen gibt, *una bruta mala*. Aber es ist mehr als das. Es ist ein Unglück, das sich stumm von dem großen Eckhaus mit den immer geschlossenen hohen Fensterläden über den Domplatz senkt und in den Bildern, deren Negative einst am Straßenrand lagen, schon lange festgeschrieben scheint.

Von der Bar aus kann ich zum Haus hinüberschauen. Nichts regt sich. Niemand kommt, niemand geht. Niemand öffnet die Läden auch nur einen Spaltbreit, um ein Staubtuch auszuschütteln. Sie, die Frau, deren Züge ich jahrelang mit der Lupe zu ergründen suchte und über die außer dem Mann mit dem gelben Pullover niemand spricht, bekomme ich nicht zu Gesicht. Er, der Mann, der bis auf den, der alles weiß, keinen Freund zu haben scheint, meldet sich auch heute nicht, und die Bilder, die mir nicht gehören, sind immer noch in meinem Besitz. Sie kleben an mir. Ich trage sie herum, zeige sie, will etwas wissen, hinter etwas kommen, ohne Not, ohne selbst davon betroffen zu sein, aus reiner Neugier. Ich breite sie auf Tischen aus, lasse sie betrachten, begutachten, lege etwas frei, was mir nicht zusteht, und dokumentiere schonungslos die Spuren, die die Jahre in den Gesichtern hinterlassen haben.

Nachdem ich die Bilder so lange gehütet habe, will ich sie jetzt loswerden. Behielte ich sie, so würden sie etwas Ungelöstes in meinem Leben hinterlassen. Wegwerfen kann ich sie nicht mehr, dazu ist es zu spät, und vielleicht würde sie dann wieder jemand finden, sie aufheben und mit einem Augenblick seines eigenen Lebens in Verbindung bringen und sich erneut auf die Suche machen. Nur wenn ich sie zurückgebe, wenn sie zurückkehren in das Leben, aus dem sie herausgefallen sind, kann ich ungeschehen machen, daß ich vor fast zwanzig Jahren in ein Ereignis eingriff, dessen Bedeutung ich auf dieser Reise zu ergründen suchte. Ich war einer Handbewegung gefolgt, die vom Rand der Straße nach M., kurz hinter dem Affengrab, hineinreichte in mein Leben. Sie hat mich hierhergeführt. Jetzt, da ich hier bin, höre ich auf, nach dem Sinn zu fragen. Das einmal Begonnene möchte ich nur noch abschließen und zu Ende bringen. Um der Ordnung der Dinge willen.

Bis zu jenem Tag vor etwa zwei Jahren, an dem ich Abzüge hatte machen lassen, war ich überzeugt gewesen, daß die Tüten, die am Rand der Straße nach M. lagen, nur die Negative dieser einen Hochzeit enthielten. Alles hatte ich an der Frau mit dem großen Hut festgemacht. Um sie kreisten meine Vorstellungen. In ihrer Handbewegung suchte ich nach dem Schlüssel zu einer Geschichte, an deren Faden ich seit Jahren spann. Die Möglichkeit, daß sich in den Tüten, die ich an jenem Abend aufgehoben hatte, auch die Negative einer anderen Hochzeit befinden könnten, hatte ich nie in Betracht gezogen. Die übrigen Hüte, Priester, Knienden, die ich mit flüchtigem Blick überflog, hatte ich sämtlich diesem einen Paar zugeordnet.

Anders als die Bilder der ersten Hochzeit haftet den Bildern der zweiten nichts Rätselhaftes an, in ihnen finde ich nichts, keine Zeichen, keine Hinweise, keine möglichen Motive, die zu ihrem schmählichen Fundort am Straßenrand führen könnten. Nichts deutet auf vergleichbare Spannungen hin, wie sie sich um die schöne Braut der ersten Hochzeit ranken. Sie dokumentieren eine Verbindung, die scheinbar von nichts und niemandem, auch nicht vom Fotografen, in Frage gestellt wird. Man spürt, daß Braut und Bräutigam einander in einem Gefühl zugeneigt sind, das auf Vernunft, Ausgewogenheit und gegenseitigem Vertrauen gründet. Nichts Schillerndes, nichts Beunruhigendes, nichts Doppeldeutiges, nichts Fremdes ist dort zu sehen. Kein Blick verläßt den Rahmen des Ereignisses. Niemand scheint eine Maske zu tragen. Die Menschen, die hier zu sehen sind, vollziehen ein Ritual, mit dem sie eins, in dem sie geborgen sind. Keinen Zweifel kann ich in diesen Bildern finden, der dieser Geborgenheit entgegenstünde. Sie enthüllen nichts – nur eine unerklärliche Trauer.

Braut und Bräutigam stehen im ersten Bild nebeneinander vor einer Gebetsbank. Eine ländliche Braut. Gesicht im Profil, ernst, herb, breite Backenknochen, Nase und Mund kräftig, sanfte, warmherzige Ausstrahlung. Die Hände über dem Bauch gefaltet. Noch ist sie schlank, aber man ahnt schon, daß sich das eines Tages ändern wird. Sie trägt einen Hut, der nicht zu ihrem Kleid paßt. Möglicherweise schaut sie auf den Priester, der sie gerade traut, aber nicht im Bild zu sehen ist. Der Bräutigam hält die Hände lose übereinander. Am Handgelenk eine übergroße Uhr mit glänzendem Zifferblatt. Durch die Lupe erkenne ich, daß es zehn Minuten vor drei ist. Er hat den Kopf gesenkt, aber die Augen blicken zu dem nicht sichtbaren Priester hinauf. Das Gesicht des Mannes ist grob – vielleicht ein Bauer. Obwohl sein Körper im Dunkel des Kirchenhintergrundes keine Konturen zeigt, spürt man, daß er schwer ist.

Unverändert die Kameraposition im zweiten Bild. Das Paar reicht sich die Hände. Sie sehen sich in die Augen, der Blick des Bräutigams ist fragend, als wollte er sich noch einmal der Bedeutung dieses Schrittes vergewissern oder als gäbe es irgendeine Schuld, eine Last, die gemeinsam getragen werden muß. Braut und Bräutigam knien im dritten Bild nebeneinander. Sie kniet nicht wie im Gebet, sondern wie in Erwartung, die Hände liegen lose ineinander verschränkt neben einem Rosenstrauß und weißen Handschuhen. Der Bräutigam stützt sich mit den Ellenbogen auf die Bank und verharrt mit gesenktem Kopf.

Er hält den Kopf auch im vierten Bild gesenkt. Die Braut blickt ins Leere. Ihre braunen Augen schweifen umher. Halt findet der Blick an den nicht sichtbaren Händen, die, das weiß man, neben ihrem Brautstrauß ruhen. Über dem Gesicht der Braut liegt Trauer, die ihm eine innige, stille Schönheit gibt. Nur der eine sichtbare Mundwinkel macht eine fast heitere Aufwärtsbewegung in die Wange hinein. Im nächsten Bild hat die Braut den Schleier auf den Hutrand gelegt, eine erotische Geste, und man erwartet eine Hand, die ihr Kinn anhebt. Der Bräutigam neben ihr betet angestrengt, die Stirn in Falten.

Die Bilder sechs bis acht bilden den Höhepunkt der heiligen Kommunion, in der der Priester zum erstenmal auftritt. In beiden Bildfolgen ist es jeweils er, der aus der Rolle fällt. Während er bei der ersten Hochzeit unrasiert, wie nach einer durchzechten Nacht und mit Sonnenbrille auftritt, erscheint hier etwas wie von fremder Hand gelenkt.

Zunächst geht alles seinen Gang. Der Priester ist jung, sein dunkles Haar gewellt, im Nacken und an den Schläfen etwas länger, die Lippen sind leicht geöffnet. In der rechten Hand hält er die Hostie, in der linken eine Schale. Eine Locke fällt ihm in die Stirn. Das Gesicht ist ländlich schön, wie aus einem Film von Pasolini. Als ihm die Braut ihr Gesicht entgegenhebt, um das Sakrament zu empfangen, sind auch ihre Lippen leicht geöffnet. Der Bräutigam ist noch intensiver als zuvor ins Gebet vertieft, fast scheint es, als ob er sich bewußt abwendet, um nicht sehen zu müssen, was sich neben ihm abspielt. Seine Versenkung wirkt bemüht und läßt den Priester und die Braut in der Kirche allein. Sie umfaßt den Stiel des Kelchs, den der Priester ihr reicht, mit beiden Händen. Durch die Lupe erkenne ich, daß der angewinkelte Zeigefinger ihrer Linken die Hand des Priesters berührt, während er den Kelch an ihre Lippen hebt. Der schöne Priester neigt den Kelch in genau bemessenem Winkel, gerade so viel, daß sie einen kleinen Schluck daraus nehmen kann, der die Hostie von der Zunge löst. Sie wird sich nicht verschlucken am Blut Jesu. Hier ist alles harmonischer Ritus, lange vertraut. Keine herrische Geste, wie die des Pfarrers in der kahlen Dorfkirche meiner Kindheit, der unerbittlich wartet, bis meine Lippen am Rand des Kelchs den Speichel des Jungen vor mir in der Reihe der Konfirmanden berühren, des Jungen, der schon den ganzen Winter gehustet hat. Er wartet, bis ich getrunken habe und das Blut Jesu in einem Anfall von Ekel herunterwürge, besessen von der Angst, daß ich bald Blut spucken werde wie die alte Frau Böhme, die man abgeholt hat.

Aber nur die Hände mit dem Kelch sind der Braut zugewandt, die Augen des Priesters folgen der Bewegung nicht. In diesem Augenblick muß ihn etwas Unerwartetes getroffen haben, das ihn aus der heiligen Handlung herausriß, für den Bruchteil einer Sekunde die schützende Form zerstörte und ihn angreifbar machte. Vielleicht war es die zweite Kamera, die plötzlich hinter dem Kopf des Priesters auftauchte, ihn blitzartig den Kopf wenden ließ, während die Hände unbeweglich am Kelch festhielten. Das Gesicht des Priesters ist verwischt. Es verliert seine Konturen, seine Festigkeit, löst sich auf wie im Übergang in etwas, das nicht hier stattfindet, sondern anderswo, und ihn verbindet mit einer Existenz draußen, außerhalb der Regeln, die er hier zelebriert. Die Unschärfe läßt den schönen Priester verletzlich wirken, als hätte die Bewegung des Lebens sich seiner bemächtigt. Die Verschwommenheit zerstört die Illusion, die ein scharfes Bild hinterläßt: daß das, was wir darauf sehen, immer so sein wird.

Wie bei der ersten Hochzeit ist es das neunte Bild, das Braut und Bräutigam als Einheit vor dem Altar zeigt. Auch hier wirkt das Paar gebrochen, fast ein wenig lächerlich und unfähig, darzustellen, was es darstellen soll. Der Hut der Braut ist zu hoch und zu steif. Die Proportionen ihres Körpers stimmen nicht. Im zehnten Bild sitzt sie an einem einfachen braunen Holztisch, wie sie früher in Amtsstuben von dörflichen Bürgermeistern standen, und unterzeichnet ein Dokument. Lächelt sie? Es ist kaum zu erkennen, so ernst ruht der Blick auf dem Papier. Vielleicht wird sie lächeln, wenn sie ihre Unterschrift beendet hat. Anders als bei der ersten Braut gehört ein Lächeln nicht zu ihrem Repertoire. Es ist nicht in ihre Züge eingezeichnet. Erst als der Bräutigam im elften Bild seine Unterschrift unter das Dokument setzt, lächeln ihre Lippen vom linken Bildrand her über den Kopf des Mannes hinweg dem Priester zu, der das Lächeln am rechten Bildrand auffängt. Ihn sieht man im zwölften Bild in einem schwarzen Gewand, das eng an seinem schlanken Körper anliegt. Es wird dieses Mantelkleid sein, das die italienischen Patres mit so unvergleichlicher Anmut anheben, wenn sie einen Schritt über eine Pfütze tun.

Im dreizehnten Bild regnet es. Das Paar tritt aus dem Kirchenportal. Der Bräutigam hält die Braut an der Hand und blickt suchend umher, wie um seine Familie für das Foto zu sammeln. Der Vorplatz der Kirche glänzt vor Nässe. Die Braut, die eben über die Schwelle des Portals geschritten ist, achtet auf ihre Schuhe. Rechts vom Bräutigam steht ein älterer Mann mit einer Schirmmütze am Bildrand. Er hat die Arme über der Brust verschränkt, den linken nach oben angewinkelt. Die Hand bedeckt eine Gesichtshälfte, als ob er sich Tränen aus dem Gesicht wischt. Erst mit der Lupe erkenne ich, daß das Weiße an seinen Fingern kein Taschentuch ist, sondern ein Verband.

Die Familie hat im vierzehnten Bild begonnen, sich aufzustellen. Zwei schwarz gekleidete Frauen mit bläulich schimmernden Beinen. An den Ellenbogen schwarze Handtaschen. Vermutlich die Mütter. Im Hintergrund, wie ein Schattenriß auf der Kirchenwand aus Backstein, rückt sich der alte Mann mit dem verbundenen Finger die Schiebermütze zurecht. Hochzeitsgäste kommen aus der Kirche. Alle wirken niedergedrückt und verfroren. Was ist geschehen? Es kann nicht nur das Wetter sein, das die Gesichter verdüstert. Im Gras vor der Kirche eine leere Zigarettenpackung.

Dann das Innere eines Wagens. Regentropfen an der Scheibe. Die Braut sitzt leicht gekrümmt auf dem Rücksitz. Dunkle Ringe unter den Augen. Erloschen ist die erwartungsvolle Schönheit des vierten Bildes, bevor der junge Priester ihr die Hostie reicht. Der Daumen der linken Hand streicht verloren über die Kuppe eines Fingers der anderen Hand. Daneben der Bräutigam. Das Paar lächelt einander zu. Sie fragend. Er aufmunternd. Doch die Trauer bleibt.

Mit den Bildern der zweiten Hochzeit hatte bisher niemand der Befragten etwas anfangen können. Daraus schloß ich, daß Braut und Bräutigam nicht aus M. stammen konnten. Zwischen den beiden Hochzeiten schien es keinen Zusammenhang zu geben; gemeinsam war ihnen nur die Entstehungszeit, Mitte der siebziger Jahre, als die Männer lange Koteletten und breite Krawattenknoten trugen. Daß die Negative zusammen am Straßenrand lagen, rückt erneut den Fotografen ins Bild. Was aber hätte ihn, der – ein Grundsatz seiner Profession – niemals ein Negativ aus der Hand geben würde, dazu treiben können, gerade diese Dokumente seiner Arbeit auf die Straße zu werfen?

Der Fotograf O., dessen Räume sich neben dem Büro des Versicherungsagenten Massimo F., genannt der »Vogel«, in der neuen Unterstadt befinden, ist am späten Vormittag nicht in seinem Laden. Seine etwa fünfzigjährige Frau weiß nicht, wann er zurückkommt. Wir zeigen ihr die Fotos und erzählen, wie immer, die Geschichte. Es habe keinen Sinn, sagt sie, auf ihren Mann zu warten, er erinnere sich nicht an die Gesichter, die er einmal fotografiert habe. Außerdem sei sie sich so gut wie sicher, daß diese Fotos nicht von ihm stammten. An die Braut der ersten Hochzeit könne sie sich allerdings erinnern. Etwa 1975 müsse das gewesen sein, die junge Frau war Erzieherin in einem Kindergarten, in den ihre Tochter ging, und schon damals sei sie verheiratet gewesen. Als die Tochter in die Schule kam, habe sie die Erzieherin aus den Augen verloren. Von einer schlimmen Krankheit wisse sie nichts. Aber sie habe sie schon lange, sie könne gar nicht sagen, wie lange, nicht mehr gesehen. Dann ruft sie einen jungen Mann aus den hinteren Räumen herbei, der nach der Ähnlichkeit zu urteilen ihr Sohn sein könnte. Auch er ist aus Gründen, die er nicht benennt, überzeugt, daß der Fotograf, vermutlich sein Vater, diese Bilder nicht gemacht hat. Vielleicht hat sein Vater einen Stil, der sich deutlich von dem anderer Fotografen abhebt. Wir sollten, rät uns der junge Mann, zu dem großen Fotogeschäft am Bahnhof gehen. Dann gibt er uns noch einen Hinweis auf die Kirche, in der die zweite Hochzeit stattgefunden hat. Nach Don Matteo sollten wir fragen, Don Matteo in P., einem Städtchen drüben in Umbrien. Außerdem nennt er uns noch einen lokalen Historiker, der sich mit Kirchen auskennt. Er wohne oben in der Altstadt, links hinter dem Museo della Cattedrale, ganz am Ende, wo die Gasse in einen kleinen Platz mündet.

Mittags gehen wir bei »Lorenzo« essen, dem dritten Restaurant unten am See. Die Frau, die in der Küche arbeitet, kommt aus P. Sie kann nicht mit Bestimmtheit sagen, ob die Backsteinkirche mit dem regennassen Vorplatz in P. steht. Der Bräutigam aber sei ein gewisser B., der nach Mailand gegangen sei. Und der junge Priester, der sei tot. Sie sagt nicht »gestorben«. Sie sagt nicht »schon lange tot«, sie sagt nur »tot«

und läßt mich aufhorchen. Es kann nicht allein der kurze Griff zur Madonna gewesen sein, die an einem Kettchen im Ausschnitt ihres Kittels hängt, sie macht keine jähe Bewegung, faßt sich nicht erschrocken an den Hals. Sie berührt nur die Madonna, wie es der Brauch vorschreiben mag, wenn vom Tod die Rede ist. Und doch rührt ihre schnelle, unbewußte Geste an die Unschärfe des siebten Bildes, ein Hinweis auf etwas, das nicht ausgesprochen werden darf und in dem abrupten ungeschönten Wort »tot« jede Frage abschneidet. Sie sagt »tot«, wie meine Mutter »tot« sagte, wenn sie von dem Kind sprach, dessen verschwommenes Foto in einem ovalen Rahmen über ihrem Bett hing, seit ich mich erinnern kann. Das kleine Gesicht lächelte in die Unschärfe mit der besonderen Zartheit zerfließender Linien. Und meine Mutter sagte »tot«, wenn sie nicht von den Umständen dieses Todes sprechen wollte, den sie vorausgeahnt und doch nicht hatte verhindern können.

Das große Fotogeschäft nimmt die gesamte Eckfront einer Straße ein, die auf den Bahnhof zuläuft und kurz davor in einem halbrunden Platz endet. Mit einer Abteilung für Brillen und Kontaktlinsen scheint es das größte Fotogeschäft in M. zu sein. Zwei Fotografen und eine Optikerin arbeiten dort. Einer der beiden Fotografen taucht aus den hinteren Räumen auf und schaut sich die Bilder an, er ist zwischen fünfzig und sechzig, klein und dick. Nein, diese Bilder seien nicht von ihnen. Für Hochzeitsfotos sei ihr dritter Partner zuständig, der die Filiale bei den Thermen in einem nahe gelegenen Kurort betreibe. Außerdem kenne er alle Kirchen in der näheren Umgebung.

Das Fotogeschäft liegt in der Nähe des Kurhauses. Der dritte Partner – dunkelgrauer teurer Jogginganzug, künstlerische Erscheinung mit rasiertem Schädel – ist sich sicher, daß er die Fotos der zweiten Hochzeit gemacht hat. Es wird nicht ganz deutlich, ob er sich so sicher ist, weil er grundsätzlich alle Hochzeitsfotos macht, oder ob ihm nur die Geschichte gefällt. Allerdings kann er sich nicht erinnern, woher das Brautpaar stammt, und auch die Kirche weiß er nicht zu lokalisieren. Auf jeden Fall befinde sie sich nicht hier, sondern auf der anderen Seeseite, der umbrischen – und es hört sich an, als gäbe es Merkmale, einen Baustil, die sich fundamental von dem hiesigen, dem toskanischen unterscheiden. Der Fotograf tippt auf S. Biagio, das zwischen M. und C. liegt. Don Vincenzo in C. könne uns mehr dazu sagen. Die Fotos der ersten Hochzeit sind ihm gänzlich unbekannt, aber es habe noch einen anderen Fotografen gegeben, einen gewissen Benito N., der allerdings schon lange gestorben sei. Es gebe Gerüchte, worüber wiederum die Kollegen aus M. mehr zu sagen wüßten.

Abends Bilanz am Küchentisch. Während feststeht, daß die erste Hochzeit, die des Versicherungsagenten Massimo F., etwa um 1975 stattfand, was ich schon der Mode wegen vermutet hatte, steht nicht fest, ob seine Frau, die schöne Braut, wirklich so krank ist, wie von dem Mann im gelben Pullover behauptet wird. Niemand außer ihm und der Frau des Fotografen O. hat sie bisher auf den Bildern erkannt. Wenn sie wirklich eine »bruta mala« hat, könnte sie sich so stark verändert haben, daß sie mit den Bildern ihrer Jugend nichts mehr gemein hat, oder sie lebt tatsächlich so abgeschirmt, wie es die stets geschlossenen Läden ihres Hauses ausstrahlen. Ihr Mann, genannt der »Vogel«, hat sich trotz der wiederholten Bitten nicht gemeldet.

Was die Fotografen betrifft, so sind jetzt drei im Gespräch: der eine, der verneint, die Fotos der ersten Hochzeit gemacht zu haben, obwohl der darauf abgebildete Bräutigam es dem Mann im gelben Pullover gegenüber behauptet. Der zweite, der sich nach über zwanzig Jahren immer noch sicher ist, daß die Bilder der zweiten Hochzeit von ihm stammen, obwohl er sich nicht erinnern kann, wen er darauf wo und wann abgelichtet hat. Der dritte Fotograf, Benito N., soll schon lange gestorben sein, was sich wiederum mit der ersten Aussage des Mannes mit dem gelben Pullover deckt. Wann er gestorben ist, wissen wir bis jetzt nicht. Auch nicht, was über ihn geredet wird. Um herauszufinden, wer das zweite Brautpaar ist, sind zwei Priester zu befragen.

Don Vincenzo ist nicht zu Hause. Durch eine reizlose, austauschbare Gegend mit ausgedehnten agrarwirtschaftlichen Anbauflächen waren wir auf die andere Seeseite hinübergefahren. Der Übergang in diese Landschaft geschieht beiläufig; für die Menschen, die hier leben, aber scheint es der Weg in die Fremde. Die Pfarrei liegt etwa zwanzig Kilometer östlich von M. Das Pfarrhaus ist ein altes Backsteingebäude. Als wir klopfen, öffnet sich ein Fenster im ersten Stock. Eine junge Frau schaut heraus. »Don Vincenzo non che!« Das »e« von »che« zieht sie in einem melodiösen Singsang nach oben und läßt es in einem »ä« ausklingen. Sie ist Don Vincenzos Haushälterin – aus Polen. Sie habe Arbeit gesucht und sei immer weiter nach Süden gekommen, und jetzt wolle sie nicht mehr zurück. Don Vincenzo komme bald, er lese um sechs die Messe, gleich nebenan in der Kirche.

In der Kirche, die gleich neben dem Pfarrhaus liegt, hängt noch der Duft des leicht verblühten Blumenmeeres aus Lilien und Rittersporn und erinnert an eine Hochzeit des Vortages. Am Eingang wird gebaut. Eine Frau in Kittel und Strickjacke fegt den Boden. Ein schönes, klares Gesicht, umrahmt von kräftigen graumelierten Haaren. Sie ist Römerin. Ihre Großmutter stammt aus Nürnberg, wo sie noch nie war. Seit zwei Jahren fegt sie die Kirche für Don Vincenzo. Es ist wegen ihrem Mann, sagt sie, der sei von hier. Aber sie wolle wieder zurück nach Rom. Die Leute hier seien verschlossen, auch ihr Mann. Er sei Umbro, und sie stößt das »U« in einem langgezogenen tiefen Laut aus, als sei es ein Stamm von Barbaren, dem ihr Mann angehöre. Eine junge Frau kommt dazu, breite Schenkel einer Reiterin in sehr engen Hosen. Herbes Gesicht, kurzes Haar, präzise Bewegungen, männlich. Auch sie ist vor zwei Jahren nach C. gekommen, mit Eltern und Geschwistern und einem kleinen Zirkus; einem Lama, mehreren Pfauen, einem Tiger, zwei Affen, einigen wenn auch kleinen Pferden. Durch die ganze Welt sind sie gereist, eine Zirkusfamilie seit sieben Generationen. Geboren ist sie in Neuseeland. Und hier in C. war auf einmal alles zu Ende. Mit dem letzten Geld wurden die Tiere anderswo untergebracht. Eltern und Geschwister zogen weiter, aber sie hat Italienisch gelernt und ist geblieben, bei Don Vincenzo. Er kommt über die Bohlen, die vor dem Kirchenportal über eine tiefe Grube gelegt sind, in Pullover und Windjacke, grauhaarig, mit dem Gesicht eines Bauingenieurs. Kurz erzählen wir ihm die Geschichte, breiten die Bilder der zweiten Hochzeit auf einer Kirchenbank aus. Die Backsteinkirche mit dem regennassen Vorplatz verlegt er zurück auf die andere Seeseite, und der junge Priester, ja, ihn habe er gekannt. Er sei in P. einmal Priester gewesen, dann aber versetzt worden. Vor langer Zeit. Wohin, wisse er nicht, auch nicht mehr, wann. Und warum, daran könne er sich nicht erinnern. Das habe immer viele Gründe, vielleicht habe sein Amtsbruder es ja auch selbst so gewollt.

Niemals, so mutmaßen die Stimmen am Abend in der ockerfarbenen Villa, würde Don Vincenzo sagen, warum der junge Priester, sein Amtsbruder, damals versetzt worden war. Aber gerade in der fast brüsken Knappheit liegt ja ein nicht zu übersehender Hinweis. Der junge Priester ist tot, wie die Frau aus »Lorenzos« Küche gesagt hat, die aus P. kommt und es wissen muß. »Versetzt« heißt es immer, wenn man über das weitere Schicksal eines Menschen nicht mehr sprechen will, wenn irgend etwas im dunkeln liegt. Offensichtlich sei doch die Braut in den schönen Priester verliebt gewesen und er in sie. Das sei keine religiöse Schwärmerei, das sei mehr gewesen – eine Jugendliebe, aus Zeiten, als der junge Mann noch keine Berufung gefühlt habe. Niemand habe davon gewußt, und dennoch habe es eine Ahnung gegeben, so wie man eben auf dem Land von Dingen weiß, die nie jemand gesehen hat und von denen nie gesprochen wird. Es sei der unschuldige Schatten einer verbotenen Liebe, der über dieser Hochzeit liege und auch beim Betrachter eine unerklärliche Trauer hinterlasse.

Die eigentliche Schlüsselfigur, *personnagio chiave*, aber sei nach wie vor der Fotograf, meint der einzige Italiener am Küchentisch, ein Anwalt aus T. Seine optischen Liebesverhältnisse mit den Bräuten – *relatione amorata ottica* – seien vermutlich notorisch gewesen. Erklären allerdings könne auch er sich nicht, wie ausgerechnet die Negative dieser beiden Hochzeiten an die Stelle kurz hinter dem Affengrab geraten seien. Aber Zufälle, davon sei er überzeugt, Zufälle gebe es nicht.

Der Tod irrt nicht. Er gibt Auskunft, ob wir wollen oder nicht, und gewährt Einblick in Anfang und Ende. Er ist kein Geheimnis, anders als das Leben. Er hinterläßt eine Inschrift, eine Adresse, die bleibt.

Der Friedhof von M. liegt auf der runden Anhöhe außerhalb des Ortes. Eine Zypressenreihe säumt den Weg, der sich gabelt und zum Eingang führt. Hinter dem schmiedeeisernen Tor die pompösen Familiengruften mit Ausblick auf den im Tal liegenden See; drei Stufen verbinden diesen Teil mit den unüberschaubaren Reihen von Grabfächern hinter quadratischen weißen Marmorplatten. Jeder Tote hat sein eigenes Fach. Sechs Fächer übereinander. Eine alphabetische Reihenfolge, die Orientierung böte, gibt es nicht. Gewiß sind die Etagen der Grabfächer und die Haupt- und Nebenwege irgendwie bezeichnet, aber niemand kann Auskunft geben. Das einzige erkennbare System scheint eine grobe Aufteilung des gesamten Friedhofs zwischen der Familie N. und der Familie B. zu sein, von denen einer der Bräutigam der zweiten Hochzeit sein soll und angeblich nach Mailand gegangen ist. Die N.s sind noch zahlreicher als die B.s, und wir beschließen, getrennt weiter zu suchen. Unter den Hunderten von N.s trägt keiner den Vornamen Benito. So kommt mir allmählich der Gedanke, daß es sich auch hier um einen *sopranome* handeln könnte, der eher der politischen Ausrichtung des toten Fotografen entspricht als dem Taufregister. Während ich die nicht enden wollenden Reihen ablaufe und mit den Augen sechs Stockwerke rauf und runter gleite, bis mir schwindlig wird, scheint die Suche nach Benito N. zum Selbstzweck auszuarten, wäre da nicht das Datum seines Todes, das Aufschluß über seine Urheberschaft der Hochzeitsbilder geben könnte. Ist er vor 1975 gestorben, kann er die Fotos nicht gemacht haben, und die Gerüchte, die sich nicht nur in meiner Phantasie um ihn ranken, hätten dann mit der schönen Braut nichts zu tun. Ist er nach 1975, aber vor dem Sommer, in dem ich zum erstenmal nach M. kam, gestorben, gibt es vermutlich keinen Zusammenhang zwischen ihm und jener Stelle am Straßenrand kurz hinter dem Affengrab.

Als wir uns erschöpft auf dem Mittelgang wiedertreffen, sehen wir in der Ferne, wo der Weg an die Friedhofsmauer stößt, einen kleineren Lastwagen mit einer Hubvorrichtung stehen. Eine lange Leiter reicht bis an das Grabfach im sechsten Stock. Oben steht ein Arbeiter und fegt mit einem langen Besen vermoderte Bretter aus dem Fach. Als wir näher kommen, sehen wir, daß auch Knochen auf die Ladefläche des Lastautos fallen. Sie fallen auf die alte Marmorplatte, die auf dem Boden liegt, und auf den neuen Sarg, der schon bereitsteht. Einige bleiben auf dem Deckel liegen, als der Sarg mit einer hydraulischen Vorrichtung hochgehoben und in das offene Fach im sechsten Stock geschoben wird. Dann wird die neue Marmorplatte eingepaßt und die wenigen Trauernden gehen davon. Es waren Knochen aus dem Clan der B.s, die heruntergefegt wurden. Einige kleine, die nicht mehr zuzuordnen sind, bleiben auf den Boden liegen und werden bald von mir oder anderen zu Staub getreten werden, während der Rest mit den vermoderten Sargbrettern von der Ladefläche des Kleinlasters möglicherweise auf die Müllkippe oder auf den Komposthaufen des Friedhofs geschüttet wird.

Im kleinsten Teil der Anlage, dort, wo die Erdgräber untergebracht sind und wo sich weder ein Grab der N.s noch der B.s findet, ist eine einzige Frau zu sehen. Sie schneidet langstielige rote Rosen an, die sie in ein Zinkgefäß ordnet. Dann läßt sie sich auf einem Klappstuhl am Grab nieder, auf das noch kein Stein gesetzt ist. Auf einem Holzkreuz ist ein größeres Farbfoto befestigt, das eine junge Frau mit langen glatten dunklen Haaren zeigt. Vielleicht war sie die Tochter der Frau, die gerade begonnen hat, in einem Buch zu lesen. Als ich mit fast lautlosen Schritten an ihr vorübergehe, hat sie das Buch zugeklappt: James Hillman, irgend etwas über die Seele. Erst jetzt kann ich erkennen, daß aus dem frischen Erdhügel neben dem Kreuz die Hälfte einer großen runden, in goldenes Konfektpapier eingewickelten Pralinenkugel herausragt – vielleicht ein Wegezoll für die Reise auf dem Fluß ohne Wiederkehr, ähnlich den Paradiesäpfeln in den Händen der Toten auf den etruskischen Urnengräbern im Museum, gegenüber dem Haus mit den immer geschlossenen Läden.

Am Ausgang, wo sich wieder mehrstöckige Grabfächer befinden, macht sich eine alte Frau zu schaffen. Mit einer für den Friedhof beunruhigenden Entschiedenheit gehen wir auf sie zu, als sie die künstlichen weißen Callablüten aus einer an der untersten Grabplatte befestigten Vase nimmt und mit einem feuchten Lappen sauberwischt. Wir warten, bis sie mit ihrer

Arbeit fertig und vom Boden aufgestanden ist, ehe wir die Frage nach dem Grab des Benito N. stellen. Einen Augenblick starrt sie uns wortlos an, dann dreht sie sich abrupt um und ist im nächsten Augenblick durch den Ausgang verschwunden.

Die Gäste, die sich auch heute um den langen Tisch in der Küche versammeln, sind begierig auf eine Klärung. Und doch wissen sie, daß es nicht die Frage nach der Wahrheit ist, die sie hier länger als geplant festhält, sondern die Geschichte, die sie sich allabendlich ausmalen und in die der Stoff ihres Lebens mit einfließt.

Für den Italiener am Tisch ist es unstrittig, daß es nur sexuelle Motive sein können, die sich hinter den Geschehnissen verbergen, *motivi sessuali*. Den Männern hier ginge es nur um das eine, sie seien wie die Sizilianer; das Uneindeutige, ja fast Bedrohliche, das man in den Bildern der ersten Hochzeit erkenne, trage die Züge einer *matrimonio reparatorio*, einer Ehe, die etwas vertuschen soll. Es muß eine arrangierte Heirat gewesen sein, auf die der »Vogel« immer noch, nach so vielen Jahren, mit Abwehr reagiert. Und dann erinnert sich der Anwalt aus T. mit sicherem Instinkt für Indizien an die seltsam abweisende Reaktion des *affetta*, als er den winzigen Rest des geblümten Ärmels am linken Rand des vierten Bildes entdeckte. Dieser Ärmel müsse der Ärmel der Französin gewesen sein, die, wie man wisse, eigentlich aus der französischen Schweiz stamme, aber immer die Französin bleiben würde, weil nur eine Französin einen Mann wie den *affetta* betrügen könne mit einem anderen, einem Mann wie dem »Vogel«. So sehe er es. Man wisse ja auch, daß jeder *sopranome* anzüglich sei. Doppeldeutigkeit sei ein altes Spiel der Italiener, das sie meisterhaft und gnadenlos beherrschten. Und dann hätten die Tüten mit den Negativen ja unweit der Osteria gelegen. Das habe natürlich eine Bedeutung, sei ein Hinweis, womöglich der eines Mitwissers. Auch dies sei eine italienische Tradition, Hinweise zu verstreuen und zugleich wieder davon abzulenken durch Irreführungen, wie die Tüten mit den Negativen der anderen Hochzeit. Das Verhältnis mit der Französin muß länger gedauert haben, vielleicht bis zu jenem Sommerabend vor fast zwanzig Jahren, auf jeden Fall war der »Vogel« noch sehr jung, als es begann. Als Sohn wohlhabender Eltern, wie ja das Haus am Domplatz zeige, sei er daraufhin von seiner Familie, insbesondere aber von seiner Schwester, der Frau im roten Satin, gezwungen worden, die schöne, vermutlich aber arme und von der anderen Seeseite stammende Braut zu nehmen, um einen Skandal mit dem *affetta*, der allerdings damals noch nicht der *affetta* gewesen sei, zu verhindern. Die Tatsache, daß der »Vogel« sich nicht melde, um die Negative der Fotos wiederzubekommen, die für einen Italiener den wichtigsten Tag seines ganzen Lebens dokumentieren, spreche für sich. Das mache ihn verdächtig.

Die Gasse, die hinter dem Dommuseum abgeht, liegt im Dunkeln. Vor den meisten Häusern stehen riesige Töpfe mit Aspidistren, die mit wenig Licht auskommen. Am Ende der Gasse, wo es wieder hell wird, betreten wir den kleinen, hoch über der Landschaft gelegenen und mit einer Balustrade eingefaßten Platz wie einen Balkon, zu dem ein langer, fensterloser Flur führt. Der lokale Historiker öffnet die Tür – es ist der Mann mit den schwarz gefärbten Haaren und der Easy-Rider-Sonnenbrille, der vor wenigen Tagen mit dem jetzigen Priester des Doms über den Platz gegangen war. Er scheint uns zu kennen, ja, zu erwarten. Die Geschwindigkeit, mit der sich die Gerüchte in den engen Gassen und Winkeln der Altstadt verbreiten, haben wir unterschätzt. Er weiß bereits alles. Er weiß auch, daß der »Vogel« sich nicht meldet. Die Leute hier seien merkwürdig, sehr verschlossen. Er versteht den »Vogel« nicht. Aber so sind die alten Familien. Er selbst sei anders. Er fahre jede Woche auf die andere Seeseite, um an der Universität zu unterrichten. Er sehe die Dinge von außen. Nicht wie die Leute hier, die mittendrin stecken in all den Beziehungen und Verwicklungen.

Sein Haus hat keinen rechten Winkel, es läuft spitz auf den offenen Platz zu, vom ersten Stock aus muß er weit ins Land schauen können, bis zum See und darüber hinaus. Wir betreten ein ebenerdiges Gewölbe, in dem eine Harley Davidson parkt; daneben liegt der

Weinkeller. Er fragt, welchen Wein wir mögen, und ich bin froh, daß meine Gefährtin eine Antwort weiß. Er sucht ihr eine Flasche aus. Wir setzen uns neben die Harley Davidson und breiten die Bilder der zweiten Hochzeit auf dem Sattel aus. Er kennt niemanden, ist sich aber sicher, daß es sich bei der Kirche um S. Giuseppe in P. handelt. Über eine schmale Steintreppe eilt er in den ersten Stock, man hört ihn mit einer Frau sprechen. Einen Fotoband unter dem Arm kommt er wieder herunter. Zum Altar von S. Giuseppe führen zwar auch drei Marmorstufen hinauf, und der Hintergrund wird ebenfalls von einem halbrunden, auf drei Säulen gestützten Fries eingefaßt; aber etwas ist anders als in der Kirche, die wir suchen. Erst im Vergleich entdecke ich auf der rechten Seite, etwa in Augenhöhe des Bräutigams, ein Fenster, kein buntes Kirchenfenster, sondern eine große Fläche, die auch ein Trompe-l'œil sein könnte, wenn nicht deren bleigefaßter Rahmen auf eine Öffnung und der nahezu unwirklich türkise Glanz auf von außen einfallendes Licht hindeuten würde. Dieses Fenster findet sich nicht in der Apsis von S. Giuseppe. Das gibt auch der lokale Historiker zu und schlägt vor, in ein Café zu gehen.

Über den »Vogel« fragen wir ihn nicht weiter aus. Das Gefühl, an eine Grenze geraten zu sein, die wir nicht überschreiten sollten, hält uns ab. Denn auch dieses Gespräch wird ihm auf geheimnisvollen Wegen zugetragen werden, wie vermutlich alle bisherigen auch. Nur an die schöne Braut tasten wir uns noch einmal vorsichtig heran. Unser Gegenüber senkt die Stimme, wiegt nur den Kopf schwer hin und her: man wisse nichts Genaues. Als wir ihn nach dem Priester mit den kleinen Händen fragen, ist auch unsere Stimme leiser geworden. Er wirft einen kurzen Blick auf die spärlich besetzten Nachbartische. Aus einer nicht mehr nachvollziehbaren Quelle weiß meine Gefährtin, deren Haus zwar nicht in M., aber in einer für Gerüchte erreichbaren Entfernung liegt, daß die Dinge um ihn nicht so stehen, wie sie stehen sollten. Niemand hat etwas gesagt, und doch ist es da, dieses Wissen, dieser Urgrund von Informationen, die niemand mehr weiterträgt und niemand in Zweifel zieht. Es sind zwei Gerüchte, die auf dem Priester lasten, dessen Gesicht mir hier, wie auf den Fotos, hinter der dunklen Brille und den Bartstoppeln verborgen bleibt. Bisher habe ich ihn nur von hinten gesehen. Auf breiten, aber abfallenden Schultern das Gewicht von Verdächtigungen.

Vier Monate nach der ersten Hochzeit wurde in das Museum am Dom in M. eingebrochen; wertvolle Inkunabeln kamen abhanden. Vorausgegangen war eine Serie von Einbrüchen in Museen und Kirchen der Gegend, man sprach von einer organisierten Bande. Der Kopf der Bande soll Don Natà, der Priester, gewesen sein. Niemand wisse zu sagen, wie der Verdacht auf ihn gefallen sei. Unklar war auch, ob ihn seine Position als Dompriester verdächtig gemacht habe – man wisse ja, daß Gottesmänner schon immer anfällig gewesen seien für die Verlockungen weltlichen Lebens wie Geld und Macht. Es könne natürlich auch zusätzliche Hinweise gegeben haben, die ihn ganz persönlich betrafen. Er sei jedenfalls verhaftet und in die nächste Stadt gebracht worden, aber bereits kurz darauf zurückgekehrt, jovial und lächelnd, als wäre nichts gewesen, nur die Messe habe er nicht mehr gelesen. Dann kam der neue Priester, der jetzige. Der alte Priester wurde nicht versetzt, auch die Weihe wurde ihm nicht genommen, er ist aber ohne Amt und verrichtet Tätigkeiten, die man ohne Amt verrichten darf. Verdächtigungen seien nicht abzustreifen. Sie hingen einem an, ein Leben lang. Letztlich seien sie schlimmer als Taten, die eine klare Angelegenheit darstellen. Es gebe Strafe und Neubeginn. Aber wo eine Verdächtigung sei, folge auch schnell noch eine zweite. Man sage ihm nach, was man ja vielen Priestern nachsage, eine spezielle Neigung, wobei man allerdings von denen, die es betreffe, den Jungen aus dem Ort, noch nie eine Beschuldigung gehört habe. Mit Verleumdungen, sage ein altes Sprichwort, sei es wie mit Kirschen. Ißt man eine, ißt man sie alle. Don Natà, den man vor diesen Verdächtigungen mit Don Natale angeredet habe, sei geblieben. Er habe es ausgehalten und lebe jetzt schon so lange mit den Verdächtigungen, daß sie inzwischen zu ihm gehörten, man sie sich gar nicht mehr wegdenken könne, und es schon lange nicht mehr darum ging, ob sie berechtigt waren oder nicht.

Schon nach dem ersten Winter, im Vorfrühling, war den Leuten in meinem Dorf etwas aufgefallen. Aber erst im Frühling des nächsten Jahres beherrschte der Verdacht die Gespräche vor den offenstehenden Türen der Bauernhäuser, wenn ich mit meiner Mutter die Gassen zum Schloß hinaufging. Sie wurde herangewinkt, ich bekam eine Scheibe Wurst, stand abseits und sah, wie meine Mutter nachdenklich wurde. Die Flüchtlingsfrau aus dem Tal war in ihrem Alter, aber keine Kriegerwitwe wie meine Mutter. Ihr Mann war nicht wiedergekommen und erschien auch nicht auf den Heimkehrerlisten, die im Rundfunk durchgegeben wurden. Er blieb vermißt. Die Frau aus dem Tal war hübsch und bei den Bauern beliebt. Im Sommer half sie bei der Ernte, im Herbst machte sie Kartoffeln aus, dann wartete sie unten im Tal, bis es wieder etwas zu tun gab. Schon bei der Kartoffelernte hatte man sehen können, daß sie zugenommen hatte. Da in den ersten Jahren nach dem Krieg aber keine Frau zunahm, es sei denn aus eindeutigen Gründen, wurde bald geredet. Als die Frau aus dem Tal im Sommer wieder in der gewohnten schlanken Gestalt den Berg hochkam, um zu helfen, tauchten die ersten Fragen auf. Der Verdacht erhärtete sich aber erst, als sich der Kreislauf wiederholte: der sich abzeichnende Bauch bei der Kartoffelernte, das Verschwinden im Winter und die Rückkehr im Sommer in gewohnter Gestalt. Ich weiß nicht, wer schließlich die Polizei rief, aber es hieß, es sei eine Nachbarin gewesen, die ein Weinen gehört habe. Als die Gendarmen aus der Kreisstadt eintrafen, fanden sie zwei kleine Körper im Keller unter den Kohlen in weiße Tücher gewickelt. Ich grübelte darüber nach, wie die Frau aus dem Tal die Tat vor ihren Kindern, mit denen ich in die Schule ging, hatte geheimhalten können. Auch ihrem Liebhaber war all dies verborgen geblieben, da die Frau in ihrem Zustand für Monate im Tal verschwand, wohin der Bauer, ein Sonderling, nie kam.

Als die Frau aus dem Tal vor Gericht stand, ging eine Liste mit Unterschriften von Hof zu Hof, und meine Mutter tippte eine Petition, die sie mitsamt der Liste an den Richter schickte. Sie beschrieb die Tat als eine verzweifelte, die nicht geschehen wäre, wenn die Frau aus dem Tal nicht immer noch für den Krieg büßen müsse, indem ihr der vermißte Mann seit Jahren den Weg in ein neues Leben versperre. Das Urteil fiel milde aus. Wäre die Tat nicht ans Licht gekommen, wäre die Frau aus dem Tal unter der Last der Verdächtigungen langsam aus der Gemeinschaft ausgeschlossen worden. Erst hätte man sie nicht mehr bei der Ernte helfen lassen, dann wäre sie nicht mehr gegrüßt worden, und schließlich hätte niemand mehr mit ihr gesprochen. Sie wäre eine Aussätzige geworden. Als sie aber nach zwei Jahren zurückkam, wurde der vermißte Ehemann für tot erklärt. Sie heiratete den Bauern, der inzwischen ihre Kinder aufgenommen hatte. Die Tat aber wurde nie wieder erwähnt. Das Dorf hatte die Frau zurückgeholt. Jetzt sprach man wieder über die harmlosen Verdächtigen, über die Schnapsbrenner und Falschmünzer. Damals hatte ich verstanden, daß es die Motive sind, die eine Tat zu dem machen, was sie ist. In der Erinnerung eines Ortes wiegt selbst der unbewiesene Verdacht schwerer als die gesühnte, verzweifelte Tat einer Kindsmörderin. Man könnte sagen, daß mir der unrasierte Priester hinter der dunklen Sonnenbrille von Anfang an verdächtig war und daß ich nur nach einer Bestätigung meines ersten Eindrucks gesucht habe. Als ich sie aber fand, verspürte ich keinerlei Genugtuung. Der Priester ist mit seiner Geschichte übriggeblieben, eine Gestalt am Rande von altmodischer Zwielichtigkeit, überholt von neuen Priestern wie dem jetzigen, durchsichtig wie Bankbeamte oder Verwaltungsfachleute. Wenn er, gefolgt von seinem dunklen Schatten, den Domplatz überquert, geht da ein geschlagener Mann.

Ich bin mir nicht sicher, wie sinnvoll es ist, den Weg nach P. zu machen. Der junge Priester ist tot, auch wenn Don Vincenzo sagt, er sei versetzt worden. Das eine schließt das andere nicht aus.

Wir gehen in Gedanken noch einmal zum Anfang zurück, zu der unscheinbaren Stelle kurz hinter dem Affengrab. Von da aus müßte die Spur zum Fotografen führen, die uns bislang am meisten irregeleitet hat. Sie ist die verzweigteste, und niemand kann sich ihrer genau erinnern. In dem großen Fotogeschäft am Bahnhof treffen wir heute einen anderen Fotografen an als beim letzten Mal. Er ist mit Kunden im Gespräch, Männern, die sich etwas zeigen lassen, herumstehen, plaudern, Witze machen. Als sie mit einer kleinen Videokamera beschäftigt sind, wendet er sich uns zu. Um nicht immer mit unserer Geschichte hereinzuplatzen, kaufen wir je eines der feinen ledernen Brillenetuis zum Umhängen, die angeblich alle Fernsehmoderatoren in Mailand über ihren Kaschmirjacketts tragen und die dort das Vielfache kosten. Dann erst fragen wir: Wer war Benito N.?

Ein unsympathischer und unkollegialer Mensch sei er gewesen, sagt der Fotograf, obwohl man ja über Tote nichts Schlechtes sagen dürfe. Nach seinem Tod ... »Wann ist Benito gestorben?« wendet er sich an die mit der Videokamera beschäftigten Männer. »Welcher Benito?« fragen sie grinsend zurück. Also nach seinem Tod um 1980 oder 1981 hätten sie, das heißt, er und seine Kollegen, das Archiv von seinem Sohn übernommen. Wenn also der »Vogel« um 1975 geheiratet und Benito N. die Fotos gemacht hat, müßten sie nach seinem Tod mit dem gesamten Archiv in ihr Geschäft übersiedelt sein. Am besten, er frage den »Vogel« sofort. Wählt eine Handynummer, »Ciao, Massimo«, hinterläßt er auf der Mailbox, »wann hast du eigentlich geheiratet?« Natürlich kann er sich nicht erklären, wie die Tüten mit den Negativen an den Straßenrand auf dem Weg von der Osteria hoch in die Altstadt gekommen sind. Allerdings, sagt er, seien sie einmal umgezogen, aber das sei innerhalb der Unterstadt gewesen. Unmöglich könnten sie dabei mit dem Möbelwagen am Affengrab vorbeigekommen sein. Schließlich fällt ihm noch ein, daß irgendwann, wann, weiß er nicht mehr, in ihr Geschäft eingebrochen wurde. Aber wer stiehlt schon Negative?

Vielleicht, denke ich später, wurden die Negative nur aus Versehen mitgenommen, und die Diebe haben, nachdem sie M. in Richtung See verlassen hatten, ihre Beute gesichert und alles Unbrauchbare aus dem fahrenden Auto geworfen. Dann aber hätten die Tüten in Fluchtrichtung, das heißt auf der anderen Seite der Straße, liegen müssen.

Der »Vogel« schweigt auch heute. Einer der Gäste am Tisch der ockerfarbenen Villa findet das einleuchtend und verständlich. Der Gast sammelt Scheren aus allen Jahrhunderten. Er sammelt sie, aber er gebraucht sie nicht wie ich. Ich schneide zu und nähe. Dann und wann ziehe ich dabei die Schere, die gerade in Gebrauch ist, vorsichtig durch meine Nackenhaare, damit sie gängig bleibt. Der Scherensammler weiß nicht, daß eine gute Schere durch ein Stück dünne Seide gleiten muß, ohne daß sich der Stoff bewegt. Ich bin Praktikerin. Er ist Theoretiker. Er besitzt zweitausend Scheren. Ich besitze zwei Zuschneidescheren, von denen eine meist beim Scherenschleifer ist, zwei kleine Trennscheren, die seltener geschliffen werden, eine vorne abgerundete und leicht gebogene, wie sie in den Stoffgeschäften benutzt werden, und eine Zackenschere für die Ränder, die man nicht nachschleifen kann. Die Scheren des Scherensammlers werden nicht geschliffen. Das wäre ungefähr so, wie wenn man das Schweißtuch der Veronika waschen würde, sagt er.

Der Scherensammler ist Systematiker. Er katalogisiert seine Scheren nach Form und Entstehungszeit. Jetzt ordnet er den Tatbestand, daß der »Vogel« keinen Kontakt aufnimmt, realistisch ein. Was ich mir denn davon verspräche? Er jedenfalls würde sich nicht melden, wenn auf einmal zwei Italienerinnen am Niederrhein auftauchen würden, die behaupten, vor zwanzig Jahren seine Hochzeitsbilder gefunden zu haben. Irgend etwas haben die doch vor, würde er denken und ganz schnell seine Vergangenheit nach dunklen Punkten, die sich ja immer finden ließen, absuchen. Und dann wäre er mißtrauisch. Seine Hochzeit ist seine Privatangelegenheit, auch wenn Aufnahmen davon an einem Straßenrand gelegen haben. Das ginge niemanden etwas an. Er würde sich bald in die Enge gedrängt fühlen, geradezu umzingelt, wenn er auf einmal, wo er gehe und stehe, am Telefon und sogar auf dem Handy, auf seine Hochzeitsfotos angesprochen und gefragt würde, wann er geheiratet und wer die Fotos gemacht habe. Und dann noch die Kommentare, wie er und seine Frau damals ausgesehen hätten und man sich doch verändere. Ganz allmählich würde er durchdrehen, und irgendwann wäre es ihm genug. Was er dann täte, das allerdings wüßte er nicht.

Oben, in meinem Zimmer neben dem Turm, schließe ich die Fenster, bevor ich das Licht einschalte, um mir Notizen über den Verlauf des Tages zu machen. Dann höre ich, wie die Hornissen an die Scheiben schlagen.

Wir sind dennoch nach P. gefahren. Es liegt östlich von M., ein kleiner, etwas höher gelegener Ort, fest im Griff einer vollständig erhaltenen Stadtmauer. Vor der Mauer der Friedhof, eine Bar, eine Kirche, ein Pfarrhaus, ein Parkplatz. Kirche, Pfarrhaus und Bar wirken wie ausgeschlossen aus der Gemeinschaft hinter der Mauer. Ein Fenster des Pfarrhauses im ersten Stock steht offen. Eine weibliche Stimme am Telefon. Als sie verstummt und ein Kopfkissen in die Fensteröffnung gelegt wird, fragen wir von unten nach Don Matteo. Eine ältere Frau erscheint. Don Matteo sei nach Rom gefahren, er komme erst in fünf Tagen zurück, aber wir könnten mit dem Küster reden, der sei in der Sakristei hinter der Kirche. Der Küster ist nicht in der Sakristei, doch die Tür ist unverschlossen. Der Raum, in dem der Priester sich noch einmal besinnt, bevor er den Anzug mit dem Gewand aus Spitze und Brokat vertauscht und sich vom gewöhnlichen Mann in den Vollstrecker heiliger Handlungen verwandelt, ist von außen an die Kirche angebaut. Ein Schuppen, eine Rumpelkammer mit Eimern, Kitteln, Gummistiefeln, zerbrochenen Kirchenstühlen. Große Putzplacken sind von den Wänden gefallen. Es ist naßkalt. In einer Ecke steht ein Wandschrank aus Sperrholz, hellblau gestrichen, die Türen angelehnt, darin eine Madonna aus abblätterndem Gips und mit goldenem Strahlenkranz.

Diese Kirche kann nicht S. Giuseppe sein. Die

Backsteinfassade ist nicht dunkel wie auf dem Foto, und statt der Wiese erstreckt sich davor ein mit Schotter bedeckter Parkplatz. Den schönen jungen Priester mag ich mir nicht in dieser Rumpelkammer vor der Madonna im Sperrholzschrank vorstellen. Die Kirche, nach der wir suchen, muß frei in einer Landschaft stehen. Auch die kleine Kapelle im Ort, eingezwängt zwischen den Häusern, hat keine Ähnlichkeit mit der Kirche auf dem Foto.

Es gibt keine Bar, nur Fassaden mit geschlossenen Läden. Schließlich das winzige Schaufenster einer Buchhandlung. Italo Calvino und Primo Levi. Daneben zwei englische Bücher mit dem Hinweis auf einen Sprachkurs, D. H. Lawrence über die Etrusker und »White Teeth« von Zadie Smith, soeben erschienen. Wir gehen zurück in das Café außerhalb der Stadtmauer, der Kirche gegenüber; hier kommen wir nicht mehr weiter. Im Café wiederholt sich die Szene vom Tag meiner Ankunft. Am Tresen ein junger Mann, der niemanden auf der zweiten Hochzeit erkennt, aber auf einen Mann im weißen Anorak draußen auf der Terrasse deutet, der kenne jeden und wisse alles. Niemand konnte die Begegnung dieses Nachmittags voraussehen.

Seit ich das Dorf meiner Kindheit verlassen habe, ist mir niemand mehr begegnet, der jeden kannte und alles wußte. »Jeden kennen« und »alles wissen« setzt einen begrenzten Raum voraus. In den Städten gibt es solche Menschen nicht. Meine Mutter war die letzte, die jeden kannte und alles wußte. Vielleicht war es nicht so sehr ihr Wissen über das Dorf, sondern ihre Position, die ihr den Überblick verschaffte, oben auf dem Schloß, in dessen Hof alle Wege endeten und der sonntags von den Kirchgängern mit Sorgen und Gerüchten durchquert wurde. Sie hatte den von außen geschärften Blick, der sie zu einem Menschen machte, bei dem man sich Rat holte und der Antwort gab. Wenn ich aus einem der Nischenfenster auf den Hof schaute, konnte ich meine Mutter ins Gespräch vertieft sehen. Aus den Bewegungen ihrer Hände war abzulesen, wovon sie sprach. Deutete sie auf das abgewetzte Renaissanceportal aus Sandstein, waren es kunstgeschichtliche Erläuterungen. Wies ihr Arm westwärts über den nächsten Berg hinweg, waren es Geschichten über den berühmten Raubritter und Pfaffenfeind, der auf einer Burg in der Nachbarschaft geboren war. Sah sie hinüber zu den beiden verfallenen Treppentürmen, wird das Wort »geschleift« gefallen sein, und sie sprach von dem Schweden, der es getan hatte. Ging sie mit dem Besucher in den Garten und zeigte auf das langgestreckte alte Gebäude im Tal, das einmal ein Blaufarbenwerk war, kam die Rede auf den französischen Kaiser, der bei seinem Durchzug nicht nur in meinem Klassenzimmer übernachtet, sondern auch Begehrlichkeiten wegen des Kobaltblaus gezeigt hatte. War ihr Gesprächspartner ein Dorfbewohner, der mit ihr auf den Treppenabsatz am Läuteturm stieg, von wo man über das Dorf blicken konnte, dann ging es um ein Dach, das gedeckt werden mußte, und um die Frage, ob man die alten Ziegel, das heißt, Mönche und Nonnen, nehmen sollte oder neue. Wiesen die Hände meiner Mutter auf sie selbst, dann gab sie einen Rat aus der Tiefe ihrer eigenen Erfahrungen.

Der Mann im weißen Anorak deutet nur neben sich und schiebt das Foto, auf dem sich der engere Familienkreis der zweiten Hochzeit vor der Kirche versammelt, einem schweren Mann in grünem Hemd am Nachbartisch zu, der einen feinen weißen Spitzbart trägt: »Ist das nicht deine Schwiegermutter?« Der schwere Mann schaut hin und nickt. »Und der da«, sagt er ohne ein Zeichen von Überraschung und deutet auf den Bräutigam, »der da könnte ich sein.«

Seit wir dem Mann auf der Terrasse der Bar von P. begegnet sind, schweigen die abendlichen Stimmen am Küchentisch in der ockerfarbenen Villa. Ein Schutzmantel legt sich um das Paar und den schönen jungen Priester, der noch am Abend zuvor Anlaß zu so vielen Phantasien gab. Jetzt machen die Mutmaßungen, die nur in der Entfernung gedeihen konnten, halt vor dem Leben. Auch der »Vogel« wäre verschont geblieben, wenn er eine Begegnung erlaubt hätte. So aber ist er immer noch allen Spekulationen ausgeliefert, gefangen im Gewirr von Gerüchten, gegen die er sich nicht wehren, denen er nichts entgegensetzen kann. Der Bräutigam der zweiten Hochzeit hingegen läßt sich nicht einkreisen von Vorstellungen, die sich eine Fremde nahezu zwanzig Jahre lang von ihm und seiner Braut gemacht hat. Kein Wort über den schönen Priester, nur daß er tot ist. Er ist es, der bestimmt, was auf seinen Fotos zu sehen ist. Er hat sie im Griff, abgelegt im Album, auch wenn sie einmal neben denen des »Vogels« am Rand der Straße nach M. gelegen haben. Wie sie dorthin gekommen sind, interessiert ihn nicht. Ein Fotograf aus dem großen Fotogeschäft in M. gegenüber dem Bahnhof habe sie gemacht. Das wisse er noch genau, denn er sei eigens hingefahren, um sie zu bezahlen. Er wischt sie vom Tisch und mit ihnen die Vergangenheit. Seine Hochzeit – *no vale la pena*, nicht der Mühe wert, darüber zu sprechen. Die Kirche, meint er, hätten wir nie gefunden, das Portal sei heute völlig verändert, eine Wallfahrtskirche, ein Santuario, und er weist irgendwohin nach Osten, dort kommen seine Eltern her. Die schwarzen Kleider – ein Trauerfall in der Familie seiner Frau. Geheiratet wurde dennoch. Die Möbel waren gekauft, die Wohnung gemietet, seine Frau habe es so gewollt. Zu Hause herrsche sie. So sei die Abmachung gewesen, und er habe sie eingehalten. Es sei gut, wie es ist. Mehr gebe es dazu nicht zu sagen. Sein Leben? Nach dem Krieg geboren, Eltern einfache Leute, dennoch Studium der Philosophie und Altphilologie in Rom. Fünf Sprachen: Griechisch, Latein, Sanskrit, Französisch und Spanisch. Dann Konservatorium in Perugia, Schwerpunkt auf Blasinstrumenten. 1973 Hochzeit, Ehe, Kinder und achtundzwanzig Jahre Verkauf von medizinischen Produkten an Krankenhäuser. Jetzt ist er dreiundfünfzig und verkauft nichts mehr. Er schaut nicht zurück. Er schaut auf das, was vor ihm liegt. Und das, sagt er, ist nicht viel. Fünf Bypässe. Vielleicht noch sechs Jahre, hatten die Ärzte gesagt. Drei davon sind herum. Die Zeit, die ihm noch bleibt, will er nutzen. Jetzt will er nur noch seine Oper niederschreiben, die er seit dreißig Jahren im Kopf hat.

Blitzschnell, behende springt er auf und verschwindet von der Terrasse. Während wir ihn zu einem Auto gehen sehen, das vor der Kirche parkt, verkehrt sich die Perspektive. Nicht wir scheinen nach ihm gesucht zu haben, sondern der Mann, den die Leute Monte nennen, wenn sie auf seine Leibesfülle anspielen, oder auch Monteverdi, wenn es um seine eigentliche Passion geht, er scheint hier auf der Terrasse von P. auf uns gewartet zu haben.

Bis jetzt war ich der Meinung gewesen, daß ich Menschen nach ihrer Erscheinung einzuschätzen wüßte. Es gibt immer etwas, dachte ich, auch wenn es eine Kleinigkeit ist, worin sie sich zeigen, woran ich etwas von ihrem Wesen spüren kann. In den Bildern der zweiten Hochzeit habe ich nichts erkannt. Ich sah die protzige Uhr des Bräutigams, seine breite Krawatte, die blau schimmernden Beine der schwarz gekleideten Frauen, von denen eine seine Mutter ist, die Kappe des alten Mannes, der vielleicht sein Vater ist, die nachlässig im regennassen Gras liegende leere Zigarettenschachtel. Das, was wirklich in ihm steckte, blieb verborgen. Jetzt kommt er zurück, mit einer Mappe, die er, wie die Waren aus den letzten dreißig Jahren seines Lebens, stets griffbereit im Auto liegen hat. »Das hier«, sagt er und legt die Mappe auf den Tisch, »ist mein Lebenswerk.«

Der Mann, der 1973 neben seiner Braut immer tiefer ins Gebet versinkt, während sie ihr Gesicht dem Priester zum Empfang der Hostie entgegenhebt, muß die Entscheidung, Philosophie, Altphilologie und die Musik aufzugeben, kurz vorher getroffen haben. Warum er aus Rom nach P. zurückgekehrt ist, erfahre ich nicht. Er macht eine Handbewegung, die meine Frage abschneidet und zugleich vorgibt, die Gründe lägen auf der Hand. In Rom muß er etwa zur gleichen Zeit wie ich gewesen sein. Es fällt mir schwer, ihn mir dort vorzustellen. An den Diskussionen, die in jenem Winter begannen, wird er nicht teilgenommen haben. Er wird sich hinter Bibliothekswänden in die antiken Philosophen vertieft haben, zwanzig Jahre alt, schwer und in sich gekehrt. Die Zweifel, die ihn beschlichen haben mögen, betrafen nicht die äußere Welt, sondern die andere Seite in ihm, die Musik, die Blasinstrumente in Perugia. Dann muß ihn etwas aus der Bahn geworfen haben, in die Ehe hinein, sowie mich damals etwas aus der Bahn warf, aus der Ehe hinaus. Jetzt knüpft er an die Zeit an, die vergangen ist.

Am nächsten Mittag kommt er den Weg durch den Eichenwald hinauf zur ockerfarbenen Villa. Aus einer Leinentasche nimmt er drei Flaschen alten Weins und stellt sie auf den Tisch. Daneben ein prall gefüllter Umschlag und eine Kopie vom Libretto seiner Oper. Das versprochene Album mit den Hochzeitsfotos bringt er nicht. Seine Frau will es nicht, sie will auch nicht, daß er irgend etwas über die Hochzeit erzählt, und treffen will sie uns schon gar nicht.

»Eidyllion« lese ich auf dem Deckblatt, wiederholt in Italienisch, Englisch, Spanisch, Französisch und Deutsch. Darunter »Ut omnes unum sint«, »Damit alle eines sind«. Ich verbessere »eines« in »eins«. Mitgebracht hat er auch einen in vier Punkten aufgesetzten Vertrag, in den er mich meinen Namen einzufügen bittet. Der Vertrag besagt, daß ich eine Kopie von »Eidyllion« erhalten habe, daß ich mich bereit erkläre, die deutsche Fassung zu korrigieren und stilistische Varianten vorzuschlagen, daß ich das korrigierte Libretto an ihn per Einschreiben zurückschicke und ein Foto mit Namen und Adresse beilege.

Seine Oper habe keine Handlung, führt er aus, sie basiere auf der antiken Form der Idylle, besonders auf Theokrit, der das Leben in seiner Heimat Syrakus in Gedichten geschildert habe, die »eidyllia«, »Bildchen«, genannt wurden. Es seien Wechselgesänge der Hirten über die Liebe und das einfache Leben. Eine bukolische Poesie, deren Kunstgattung nicht überlebt habe, anders als Tragödie und Komödie. Nur Giacomo Leopardi habe sie im vorigen Jahrhundert noch einmal in den Liebesgedichten an seine Kusine aufgegriffen. Aber letztlich habe er, Leopardi, die Form dann doch nicht vollkommen beherrscht, obwohl Leopardi ein großer Dichter war und er sich nicht mit ihm vergleichen wolle. Er sei immer wieder nach Rom in die Bibliothek des Konvents gefahren, um die Idyllen des Theokrit und auch des Vergil zu studieren, der ja ebenfalls Bukolika verfaßt habe. Sein eigener Text, das Libretto, seien keine Gedichte, sondern Gesänge. Gesänge von Verlobten, nach strengen poetischen Regeln verfaßte Eheversprechen, wie sie früher adlige Familien bei bezahlten Dichtern in Auftrag gegeben hätten. Die Braut habe solche Verse mit in die Ehe gebracht, um den Ehemann, wenn der Alltag gekommen sei, mit diesen Versen an das einstige Versprechen zu erinnern und die Liebe lebendig zu erhalten. Im Libretto seiner Oper seien die emotionalen Bedingungen des Zusammenlebens in fünf Begriffen, die die Liebe beschwören, festgelegt. Im Unterschied zu allen vergangenen Varianten der »Idylle« sei die seine mit Musik konzipiert, und er habe ihr eine Bühnenfassung gegeben.

In seine Ausführungen flicht er Zitate von Ovid und Vergil ein, schwenkt über zu Homer, dann zu Leopardi. Mehrmals versuche ich zu erfahren, ob seine eigenen Vorstellungen von Liebe und Glück in diese Verse mit eingegangen sind. Aber der schwere Mann versteht meine Fragen nicht, er versteht sie auch nicht, als sie von meiner Übersetzerin wiederholt werden. Er läßt sich nicht herauslocken aus der artistischen Illusion seiner klassischen Bildungswelt, in die er seine Wünsche gießt – wenn er sie denn einmal gehabt hat.

Im Laufe der Jahre sei ihm, beim Aufkeimen des europäischen Gedankens, die Idee gekommen, den Text – analog zu den fünf Begriffen der Liebe – in fünf Sprachen abzufassen. Europa, so betrachte er es, sei ein Haus, in dem das Zusammenleben geregelt sein müsse wie in einer Ehe. Seine Oper sei eine Europa-Oper. »Ut omnes unum sint« – auch der Titel sei aus der Antike übernommen. Vierhundert Mitwirkende, Orchester, griechischer Chor, Ballett und Solosänger. Die Musik, die zwar noch nicht niedergeschrieben, aber schon lange in seinem Kopf sei, sei stilistisch von einer langen Zeitspanne geprägt, die von der Gregorianik über Gustav Mahler bis heute reiche. Am meisten aber lehne er sich in seiner Vorstellung an den Bolero von Ravel an – des Crescendos wegen. Das Crescendo am Ende des Boleros habe ihn schon immer fasziniert. Es habe darüber zwischen Ravel und Toscanini einen Streit gegeben. Ravel habe verlangt, daß das Tempo während des gesamten Stücks konstant bleibe, während Toscanini in seiner Interpretation schneller werde. Ravel aber habe nur die Intensität steigern wollen, nur der Klang, nicht das Tempo dürfe ein Crescendo haben. Das sei ein großes Problem. Und wenn er an die Musik denke, denke er an eine Intensität, eine musikalische Dichte, die sich, unabhängig von Tempo und Rhythmus, immer weiter steigere, ein Crescendo, das nicht von außen vorgegeben sei, sondern von innen komme. Bis jetzt habe er diese vom Rhythmus unabhängige Dichte in seiner Komposition noch nicht erreicht. Darin liege aber der Kern und der eigentliche

Ausgangspunkt seiner Vorstellungen, und wenn ihm dies gelungen sei, käme alles andere wie von selbst.

Manchmal habe er Angst, daß er es nicht mehr schaffe, die Musik niederzuschreiben. Sollte es so kommen, dann sollte sein Werk wenigstens als Text überleben. Deshalb erwarte er keinen Gefallen von mir, sondern eine Arbeit, deren Wert sich auch in Geld niederschlage. *De nihilo nihil*, »Von nichts kommt nichts«, sagt er dann und zählt dreihunderttausend Lire aus dem Umschlag, das habe er bei jeder Übersetzung bezahlt. Ich wende ein, daß ich ja nur hie und da ein Wort verbessern, so wie vorhin »eines« in »eins«, und daß ich das Ganze ja nicht neu übersetzen werde. Ich will das Geld nicht. Ich will den Text auch nicht Wort für Wort durchgehen. Ich möchte ihn nur überfliegen und schauen, was mir auffällt, mehr nicht. Aber es gibt kein Entrinnen. Jeden Augenblick könne er sterben, sagt er, *io possio morire*. Dreiundfünfzig Jahre, sein ganzes Leben, habe er gebraucht, um diese Oper zu schreiben, so wie auch mein ganzes Leben in diese Korrekturen mit einfließen werde. Auch wenn ich nur ein einziges Wort verbessern würde, habe es sich für ihn gelohnt. Dann steht er auf, fährt durch den Eichenwald den Hügel hinab und verschwindet durch das rostige Eisentor, das immer noch offensteht. Er wollte sich noch einmal melden, bevor ich nach Deutschland zurückkehre. Aber er hat es nicht getan.

Als der schwere Mann gegangen ist, denken wir darüber nach, daß nahezu alle Personen, mit denen wir bis jetzt mittelbar oder unmittelbar in Berührung kamen, auffällig bemüht waren, etwas zu verbergen. Mag sein, daß das Verbergen ein Grundzug menschlichen Verhaltens ist, ein Reflex, sich zu verschließen, sobald etwas Fremdes naht und in das eigene Leben vorzudringen versucht, wie es unsere Fragen tun. Möglich ist aber auch, daß sich darin ein Merkmal der italienischen Gesellschaft widerspiegelt, deren nach außen gerichtete Lebhaftigkeit nur scheinbar Offenheit bedeutet.

Der Mann, den die Leute Monte oder auch Monteverdi nennen, der sich seit Jahren mit idealisierten Bildern von Liebe und Ehe als Kunstform beschäftigt, läßt uns zwar freigebig an den Gedanken zu seiner Oper teilhaben. Das Ereignis aber, über das in Italien angeblich jeder gerne und ausführlich spricht, dessen Abbilder während eines kurz anhaltenden Unwetters in mein Leben geraten und dort geblieben sind, bis ich hierher kam, um sie wieder loszuwerden – über dieses Ereignis verliert er kein weiteres Wort, *no vale la pena*. Der »Vogel« hält die Läden seines Hauses fest verschlossen. Der »Schinkenschneider« verstummt plötzlich, als er auf dem Foto, auf dem alle das Kreuz schlagen, den Zipfel eines geblümten Ärmels erblickt. Der Priester mit den kleinen Händen zelebriert die heilige Kommunion und trägt dabei eine Sonnenbrille, und der lokale Historiker gibt nur spärlich Auskunft, obwohl alle über ihn, den Priester, reden. Don Vincenzo kann sich nicht erinnern, wann, wohin und warum sein totgesagter Amtsbruder, der der Braut so verführerisch die Hostie reicht, versetzt worden ist. Eine Frau läuft bei der Frage nach dem Grab des Fotografen Benito N. eilig davon, und es bleibt ein Rätsel, wer die Fotos wirklich gemacht hat. Nicht auflösbar scheint, wie sie dorthin gekommen sind, wo ich sie gefunden habe. Am tiefsten verborgen aber bleiben die Frauen selbst, die Bräute, die auf keinem der Bilder vom angeblich glücklichsten Tag ihres Lebens etwas von dem ausstrahlen, was sich als Glück bezeichnen ließe.

Am Abend des folgenden Tages bittet uns einer der Fotografen aus dem großen Fotogeschäft gegenüber dem Bahnhof, in den Laden zu kommen. Es sei dringend. Warum, will er am Telefon nicht sagen. Wir fahren am nächsten Morgen in die Unterstadt. Der Laden ist leer. Nur die Optikerin sitzt an ihren Meßgeräten in einer kleinen Werkstatt, von der man durch ein Fenster den Ladenraum überblicken kann. Die Miene des Fotografen, der aus einem Hinterzimmer kommt, verheißt nichts Gutes. Ohne daß wir noch einmal nachgefragt hätten, behauptet er heute kurz und bündig, die Fotos seien unzweifelhaft von ihnen gemacht worden, die Negative seien ihre, was er vor wenigen Tagen strikt verneint hatte. Er bittet uns an einen kleinen Tisch in der Ecke des Ladens. Seine Stimme ist aufgeregt. Obwohl keine Kunden im Laden sind, spricht er gedämpft. Die Optikerin kommt hinzu. Auch sie sichtlich nervös. Durch das Fenster ihrer Werkstatt hatte sie alles beobachten können.

Plötzlich war er aufgetaucht. Beide Fotografen waren mit ihren Kunden beschäftigt. Sofort und ohne Rücksicht auf die Kunden habe er zu schreien begonnen und sich auch nicht beruhigen wollen, als der andere Fotograf, der doch mit ihm befreundet sei, auf ihn einredete. Er war außer sich und hat schließlich mit der Polizei gedroht. Anzeigen will er die Fotografen wegen Mißbrauchs privater Bilder, wegen Nachlässigkeit und Schlamperei, wegen Verleumdung, Erpressung und Verletzung seiner Ehre. Er werde schon noch herausbekommen, was wirklich dahinterstecke. Das seien Intrigen, und erpressen lasse er sich nicht. Auf der Stelle wolle er die Negative zurück, und man sah sich gezwungen, zuzugeben, daß die Negative schon lange nicht mehr in ihrem Besitz waren, sondern sich seit fast zwanzig Jahren in den Händen einer Frau aus Deutschland befanden, die sie – niemand könne sich erklären, wieso – an der Straße unweit der Osteria gefunden hatte. Von dieser Frau aber will er nichts hören, er will die Negative, und zwar alle, von ihnen selbst, den Fotografen, die die Bilder einmal gemacht und in sträflicher Verletzung ihrer Sorgfaltspflicht auf irgendeine unerklärliche Weise an diesen Straßenrand gebracht haben.

Im Laden war es schlagartig still geworden. Kein Wort mehr hätten die Kunden untereinander gewechselt. Jetzt, endet der Fotograf, gehe es um den Ruf ihres Hauses. Wenn das, was geschehen ist, sich herumspricht und weitere Kreise zieht – und das werde es tun –, wird sich kein Brautpaar mehr von ihnen fotografieren lassen, weil sie sich nicht sicher sind, ob ihre Bilder in absehbarer Zeit nicht weiß Gott wo auftauchten. Ihre Arbeit sei schließlich Vertrauenssache, und dieses Vertrauen stehe jetzt auf dem Spiel.

Während des Berichts fiel der Name Massimo F. kein einziges Mal. Auch nicht der Name, der sonst immer als erstes fiel. Im Bewußtsein einer allgemeinen Komplizenschaft war der »Vogel« »er« geworden, erhöht durch Drohgebärden in einer Lage, in die er sich selbst gebracht hatte. Etwas Unbegreifliches hatte sich um ihn zusammengezogen, er war verstrickt in ein Netz, aus dem er keinen Ausweg fand, weil er den ersten, den einfachsten Schritt, uns anzurufen, nicht hatte tun wollen.

Als wir den Fotoladen verlassen, belastet uns der Gedanke, etwas zerstört zu haben. Auch wir würden uns hier nicht fotografieren lassen, wenn wir heiraten würden. Das haben wir angerichtet mit unserer Schnüffelei. Als ich die Negative vor fast zwanzig Jahren am Straßenrand aufhob, konnte ich die möglichen Folgen dieser unwillkürlichen, mir dennoch vollkommen begreiflichen Handlung nicht absehen. Ich war auch noch arglos gewesen, als ich zuweilen mit dem Gedanken spielte, mit den Fotos in einer lokalen Zeitung nach den Brautpaaren zu suchen. Selbst bei der Warnung eines italienischen Freundes vor der Geschlossenheit der italienischen Gesellschaft und ihren geheimen Codes waren mir keine Zweifel gekommen. Noch im Nachtzug nach M. war mir der Gedanke fremd gewesen, daß es ein Machtgefälle geben könnte zwischen mir, die ich von etwas weiß, und den Betroffenen, die davon nichts ahnen. Jetzt aber scheint ein Plan dahinterzustecken. Offensichtlich führe ich etwas im Schilde, bin in etwas verwickelt und gehöre selbst zu denen, die etwas zu verbergen haben. Deutlich sehe ich das Mißtrauen in den Augen des Mannes an der Bar neben dem Fotoladen und spüre die Blicke, die er mit dem einzigen Gast wechselt. Auch in der Unterstadt scheint man bereits zu wissen, daß mit mir etwas nicht stimmt. Als ich auf dem Weg nach Hause meinen schwarzen Samtschal mit dem grauen Seidenfutter vermisse, den ich eben noch an mir spürte, und er weder beim Fotografen, noch in der Bar, und auch nicht im Schuhgeschäft zu finden ist, in dem ich vergeblich nach kleinen dunkelblauen Schnürstiefeln suchte, glaube ich schließlich an eine Verschwörung. Jetzt ranken sich Gerüchte um mich. Der »Vogel« hat mich eingeholt. Jetzt ist er mir auf der Spur.

Ein Eindringling, sagt der Scherensammler am Abend in der Küche, sei ich von Anfang an gewesen. Hinter dem Verhalten des »Vogels« brauche sich nicht unbedingt etwas zu verbergen, von dem er befürchten müsse, daß es aufgedeckt würde. Das Fremde an sich sei schon bedrohlich genug. Man denke nur an den Seefahrer James Cook, der mit seinem Leben dafür bezahlt habe, daß er in ein fremdes Land eingedrungen sei und sich nicht an die dort herrschenden Sitten gehalten habe. Dafür sei er erschlagen worden, in Hawaii. Der Tatbestand, daß die Negative am Straßenrand gelegen hätten, deute auf den Versuch hin, sie zu vernichten. Damit hätte offensichtlich auch deren Geschichte vernichtet werden sollen – aus welchen Gründen auch immer. In diesen Vorgang nun habe ich eingegriffen. Ich gäbe zwar vor, die Hochzeitsbilder zurückbringen zu wollen. Aber es stecke ja mehr dahinter. Ich wolle ja auch noch etwas aufklären, was nach meiner Vorstellung im dunkeln liege. Und dazu wolle ich benutzen, was ich hier erlebe. Eine Geschichte sei es, die ich suchte, meine Geschichte. Damit sei etwas ausgelöst worden, nur könne man nicht wissen, was. Ich hätte – was zugegebenermaßen unvermeidlich gewesen sei – privates Territorium betreten, und das sei immer gefährlich. Jetzt sei es Zeit für den Rückzug.

Eine italienische Hochzeit, wirft der Anwalt aus F. noch einmal ein, ist kein privates Territorium. Sie ist öffentlich. Öffentlich wie der Tod.

Als ich die Treppen zu meinem Zimmer neben dem Turm hinaufsteige, lege ich den schweren Eisenriegel vor die Tür, die das Dachgeschoß vom übrigen Teil des Hauses trennt. Dann höre ich wieder die Hornissen ans Fenster schlagen, obwohl die Zeit ihrer nächtlichen Flüge schon vorüber sein sollte und es mit jedem Tag kälter wird.

Am nächsten Morgen ist wieder der andere Fotograf im Laden, der angebliche Freund des »Vogels«. Sichtbar erleichtert nimmt er die Tüten mit den Negativen entgegen. Mag sein, daß es diese Erleichterung ist, die ihm jetzt einen Vorgang in Erinnerung bringt, der, wäre er ihm bei unserem ersten Besuch wieder eingefallen, meinem Aufenthalt in M. einen gänzlich anderen Verlauf gegeben hätte. Vielleicht hat ihn aber auch der Auftritt seines jetzt vermutlich ehemaligen Freundes unter Rechtfertigungsdruck gesetzt, so daß er in der Zwischenzeit selbst Erkundigungen eingezogen hat, die sein Fotogeschäft vom Vorwurf der Schlamperei oder Schlimmerem entlasten sollten. Entgegen der gestrigen Behauptung seines Kollegen, der möglicherweise eingeschüchtert vom Auftritt des »Vogels« nur die Urheberschaft geltend machen wollte, um die Negative von uns zurückzufordern, beharrt der Fotograf darauf, daß nicht sie, sondern Benito N., dessen Grab wir vergeblich suchten, die Fotos beider Hochzeiten gemacht habe. Als dieser 1981 gestorben sei, hätten sie, wie er es ja schon zuvor erwähnt habe, das Archiv und auch das Labor von Benito N. von dessen Erben, dem Sohn, übernommen. Nun habe sich aber – allerdings erst jetzt und im Grunde durch unser Zutun – herausgestellt, daß es nicht das vollständige Archiv gewesen sei, das der Sohn ihnen übergeben habe. Teile davon – und wie sich jetzt erweise, ausgerechnet die Negative der von Benito N. über

Jahre gemachten Hochzeitsfotos – habe der Sohn aus Gründen, für die es keinerlei Erklärung gebe und die er sich auszusprechen schäme, in den See geworfen. Es seien auch gewisse Mengen von Chemikalien aus dem Labor dabeigewesen. So habe man das eben gemacht, vor zwanzig Jahren, wenn man etwas loswerden wollte. Niemand hätte daran Anstoß genommen. Rätselhaft bleibe nur, warum gerade diese Negative so weit vom See entfernt gefunden worden seien. Hätte man sie im Schilf gefunden, wäre es leicht erklärbar gewesen. Da es seiner Erinnerung nach im Jahr 1981 aber keine Überschwemmung gab, zumindest keine, die die Tüten mit den Negativen bis kurz hinter das Affengrab hätte treiben können, sei er ratlos.

Die *personaggio chiave*, meint der Anwalt aus T. am Abend, sei jetzt der Sohn des toten Fotografen. Entweder habe er das Spiel seines Vaters, die Bräute mit dem Blick eines Verliebten zu fotografieren und zu Schönheiten zu machen, um sie im letzten Bild an der Seite des Ehemannes zu vernichten, diese optisch-erotische Obsession habe er entweder durchschaut und deren Beweisstücke endgültig vernichten wollen, oder er habe, unabhängig von seinen persönlichen Gefühlen, eine historische Tat begehen wollen, die man als Vergeltungsakt verstehen könne. Einige Zeit, bevor der Sohn das Archiv des Vaters in den See gekippt haben soll, seien von der anderen Seite, der umbrischen, große Mengen chemischer Abfälle in den See geleitet worden. Das Gift sei ins Trinkwasser gelangt, und die Bevölkerung der hiesigen Seeseite habe mit Tankwagen versorgt werden müssen. Es habe lange gedauert, bis der See sich erholt habe. Vielleicht sei die Tat des Sohnes der Racheakt eines Toskaners gewesen, der diese Geschichte begleichen wollte und damit eine andere in Gang setzte.

Am folgenden Tag bin ich noch einmal nach P. gefahren. Ich hoffte den schweren Mann im grünen Hemd, dessen Bilder aus längst vergangener Zeit ich oft betrachtet hatte, noch einmal auf der Terrasse anzutreffen, um mich zu verabschieden. Aber die Bar war geschlossen, Stühle und Tische weggeräumt. Im kleinen Ort hinter der Stadtmauer stimmte kein Straßenname mit der Adresse überein, an die ich das korrigierte Libretto der Oper per Einschreiben schicken sollte. Kein Auto parkte auf dem Platz vor der Kirche. Auch die Tür zur Sakristei war verriegelt. Durch ein schmutziges Fenster auf der Rückseite konnte ich im halbgeöffneten Wandschrank die blaue Madonna sehen.

Heute ist wieder Sonntag, und ich sitze ein letztes Mal in der Bar am Domplatz von M. Vor dem Portal unter dem Portikus erkenne ich die massige Gestalt des Priesters mit den kleinen Händen im Gespräch mit dem Mann, der alles weiß und jetzt einen weißen Pullover übergezogen hat. Der Priester trägt einen langen schwarzen Mantel, der aus der Ferne wie eine Soutane wirkt. Er wendet den Menschen auf dem Platz den Rücken zu. Ich gehe durch Gruppen gestikulierender Männer, in der Hoffnung, weder von dem, der alles weiß, noch vom lokalen Historiker bemerkt zu werden. Als der Priester den Kopf hebt, streift mich sein Blick, ohne Sonnenbrille. Um ihn aus den Augenwinkeln beobachten zu können, umkreise ich ihn unauffällig und schaue mir dabei interessiert die strenge, karge Fassade des Doms an. Der Priester steht unter dem Vordach. Zum erstenmal sehe ich sein Gesicht. Seine Augen hinter der randlosen Brille mit goldenen Bügeln gleiten eilig hin und her. Ein weißer Haarkranz umrundet den mächtigen Kopf – ein lächelnder alter Mann, der nicht ahnt, wer ihn beobachtet. Er weiß nicht, wie lange ich mir schon über seine kleinen Hände Gedanken mache, die er heute unter den Ärmeln seines Mantels verborgen hält. Er ist sorglos, verabschiedet sich von seinem Gesprächspartner und geht unbehelligt von meinem Argwohn durch die niedrige Pforte in das Innere des Doms, wobei er den Kopf ein wenig neigt.

Ich weiß, daß jetzt die Schlußfolgerung naheliegt, man bekomme das, was man wolle, erst dann, wenn man es nicht mehr einfordere. Es ist richtig, ich erwarte von meinem letzten Tag in M. nichts Neues mehr. Die Negative habe ich zurückgegeben, auch die Abzüge. Was mir bleibt, ist die Geschichte. Die Jahre, die die Bilder in meinem Besitz waren, sind nicht ausgelöscht, aber sie beschäftigen mich nicht mehr. Dennoch verblüfft es mich, wieviel Wahrheit in dem Gemeinplatz vom Loslassen liegt.

Als ich den Platz überquere, um zur Terrasse der Bar zurückzugehen, sehe ich ihn von hinten. Ich erkenne ihn sofort. Er geht die Straße entlang, die zwischen seinem Haus und dem etruskischen Museum den Berg hinabführt, und es ist etwas an seinem Gang, das mir bekannt vorkommt, obwohl ich ihn auf den Fotos niemals von hinten und niemals einen Schritt tun sah. Selbst bei seinem Auftritt im Fotoladen hatte ich ihn mir noch im mittelblauen Anzug vorgestellt, mit dem engen Jackett und in Schlaghosen. Und doch war mir seine Erscheinung so vertraut, daß ich ohne Schwierigkeiten aus dem schwarzen Lederblouson und den dünnen schwarzen Hosenbeinen die mir bekannte, leicht gekrümmte Gestalt herauslösen konnte. Der Blouson aus Leder, in der Taille von einem Strickbund zusammengerafft, plustert den Rücken auf, so daß sich im Zusammenspiel mit den dünnen Beinen und dem langen Profil, das ich sehen werde, sobald er sich umdreht, tatsächlich die vogelartige Silhouette des Pulcinella aus der Commedia dell' arte, jenes lasterhaften Alten mit dem Buckel und den dünnen Beinen, ergibt, der hinter den jungen Mädchen her ist.

Der »Vogel« geht ein Stück die Straße hinunter bis zu einem Auto, öffnet die vordere Tür und legt einen Gegenstand auf den Beifahrersitz. Dann kehrt er um und läuft auf mich zu. Für Augenblicke fürchte ich, daß er meine Nähe spürt und mich gleich ansprechen, auf offener Straße anschreien wird. Dann erst wird mir bewußt, daß unsere Bedingungen ja ungleich sind, daß ich für ihn die Unbekannte bin, die ihn zwar umzingelt, aber nicht greifbar ist, während er sich in den unsichtbaren Fäden meiner Vorstellungen und jetzt auch meiner Blicke verstrickt. Ahnungslos geht er an mir vorüber. Dann biegt er an seinem Haus um die Ecke, überquert den Platz, der sich inzwischen geleert hat, geht an der Terrasse der Bar ganz nah an dem Tisch vorbei, auf dem mein halb ausgetrunkener Kaffee steht, folgt der Hauptstraße bis zum Buchladen, der Sonntag morgens geöffnet ist, kommt nach wenigen Minuten mit einer Zeitung zurück und verschwindet in der Bar. Seine Haare, inzwischen grau, haben noch den gleichen Schnitt wie damals: die Ohren verdeckt, die Koteletten ein wenig zu lang, und hinten stoßen sie an den Kragen. Was einmal forsche Geste war, wirkt an dem gealterten Mann wie eine übergestülpte Mütze.

Ich könnte jetzt zu ihm gehen, in die Bar hinein, wo er wahrscheinlich an einem der kleinen Marmortische sitzt, einen Aperitif vor dem Essen zu sich nimmt und die Zeitung liest. Es wäre einfacher, ihn dort anzusprechen, unauffälliger, als ihm auf der Straße in den Weg zu treten. Ich könnte mich vorstellen und ihm die Hand reichen, jetzt, da er die Negative über den Fotografen zurückbekommen hat und ich auch nichts mehr aufdecken, sondern nur etwas auflösen möchte – das Mißverhältnis zwischen meinem detektivischen Blick und seiner Unwissenheit, diesen Knoten aus Mutmaßungen und Verdächtigungen, in dem wir beide gefangen sind.

In der Bar kann ich ihn nicht entdecken. Ich gehe durch den Raum zu den Toiletten, werfe einen Blick in den Nebenraum. Als hätte er gespürt, was ich vorhabe, ist er dorthin ausgewichen, wo sich traditionsgemäß ausschließlich Männer aufhalten und lautstark diskutieren. Ich sehe ihn ein wenig abseits stehen, ans Fensterbrett gelehnt. Er diskutiert nicht mit, blickt nur kurz von der Zeitung auf. Vielleicht wundert er sich, schon wieder diese Fremde zu sehen, die ihm vorhin über den Weg lief.

Während meines Aufenthaltes in M. habe ich mir zuweilen überlegt, welchen Weg meine Vorstellungen genommen hätten, wenn ich an jenem frühen Abend, während des Gewitters unter dem Felsdach, ein anderes Negativ herausgegriffen hätte, vielleicht eines aus der zweiten Hochzeit oder das, auf dem die Frau im roten Satin ihre Unterschrift unter ein Dokument setzt. Möglicherweise hätte ich sie, wegen des Hutes, für die Braut gehalten. Nichts hätte mich daran berührt, und vielleicht hätte ich die Tüten später weggeworfen oder unter dem Felsdach liegen lassen. Niemals hätte ich mich an die Verzagtheit erinnert, die das Bild, das ich als erstes betrachtete, mit den kleinen Automatenbildern verbindet, von denen einige meine Hochzeitsfotos sind, und niemals wäre der Mann, der seinen Kopf im Nebenraum der Bar tief in den Sportteil der Zeitung versenkte, in mein Visier geraten.

Die Gäste der ockerfarbenen Villa planen die Abreise. Der Scherensammler muß eine Ausstellung seiner zweitausend Exponate vorbereiten. Seine Frau wird sich um einen jungen Maler kümmern, für den sie eine Galerie sucht. Der Anwalt hat Termine. Auch meine Gefährtin dieser Tage hat anderweitige Verpflichtungen. Sie alle haben ihren Aufenthalt über die Maßen ausgedehnt, um an der Aufklärung eines Geheimnisses teilzuhaben. Jetzt reisen sie ab in Ungewißheit. Zurück bleiben Bilder, die an einem Straßenrand gefunden wurden; drei Fotografen, von denen einer die Bilder gemacht hat, doch niemand weiß, wer es war; es bleibt ein toter Fotograf, dessen Grab nicht zu finden ist; eine alte Frau, die eilig davon läuft, als sie danach gefragt wird; ein Sohn des toten Fotografen, der das Archiv seines Vaters in einen See wirft; eine schöne Braut, die hinter verschlossenen Läden lebt; ein Ehemann, der mit der Polizei droht; eine böse Schwester; ein Priester, der der Boß einer Diebesbande gewesen sein soll; ein Restaurantbesitzer, der jeden kennt und plötzlich verstummt; ein lokaler Historiker, der nur Andeutungen macht; ein zweiter Ehemann, der dreißig Jahre an einer Oper schreibt; eine zweite Braut, die einen hübschen jungen Priester anlächelt, der entweder tot oder versetzt oder beides ist; ein dritter Priester, der darüber angeblich nichts weiß, obwohl er etwas wissen müßte; Barkeeper, die nichts wissen, und zwei Männer, die alles wissen.

Am Nachmittag ging ich zum Bahnhof, um mir einen Schlafwagenplatz für die Nacht reservieren zu lassen. Ich teilte das Abteil mit einer blonden Italienerin, deren modisch gesteppte Jacke aus schwarz glänzendem Kunststoff einen so giftigen Geruch verbreitete, daß ich nicht einschlafen konnte. Während ich versuchte, so wenig wie möglich davon einzuatmen, kehrten meine Gedanken zu dem Abend des 10. Juli 1981 zurück. Der Fahrer des Ape kam mir in den Sinn, der kurz vor dem Ausbruch des Gewitters vom See hochkam. Wenn er sich umgedreht hätte, als der Hagel auf das Felsdach niederging, wäre ihm nicht entgangen, daß ich Tüten mit Negativen in Händen hielt, die er, als sich die Wolken bedrohlich zusammenzogen, in den See kippen sollte, aber beim Ausladen übersehen hatte. Kurz zuvor waren sie, eine nach der anderen, von der offenen Ladefläche seines Gefährts an den Rand der Straße nach M. gefallen. Hätte der Zufall gewollt, daß der Fahrer des Ape eine einzige Kopfbewegung in meine Richtung machte, wäre ich niemals wieder nach M. gekommen. Ob es sich bei dem Fahrer um den Sohn des Fotografen oder um einen Arbeiter handelte, der die Sache im Auftrag erledigen sollte, konnte ich jetzt nicht mehr klären.

Der Winter, der auf meine Reise folgte, verging. Ich machte mir Notizen aus der Erinnerung und ergänzte, was ich in M. aufgeschrieben hatte. Als der Frühling kam, überfiel mich Unruhe. Ich hatte das Gefühl, mich beeilen zu müssen, und besorgte mir ein italienisch-deutsches Lexikon von Sansoni, das auch Synonyme anbot, um die deutsche Fassung des »Eidyllion« mit dem Originaltext vergleichen zu können. Ich weiß nicht, von wem die deutsche Fassung des Operntextes stammt. Aber die Arbeit muß eine Qual gewesen sein. Man kann sie bis in die Wahl der Worte heraushören. Es handelt sich nicht einfach um eine wörtliche Übersetzung, bei der man sich keine Mühe gemacht hätte. Wer auch immer es war, diese Person hat mit dem schweren Mann ebenso gerungen, wie er selbst vermutlich mit seinen antiken Vorbildern und mit seinem Herausforderer Leopardi gerungen hat.

Ich habe vergessen, wie oft ich die dreihundert Strophen gelesen habe, um zu verstehen, was damit zum Ausdruck gebracht werden soll. Immer wieder habe ich auch die italienische Fassung zu Rate gezogen und nur der Sprachmelodie gelauscht, die die abstrakte Emphase der Worte, was auch immer sie aussagten, hinwegspülte. In der deutschen Fassung gibt es diese Täuschung nicht. Auch die fünf Begriffe, die die Verse strukturieren, geben mir keinen Hinweis, außer daß es offenbar um ein Schema der Entwicklung und Entfaltung von Liebesgefühlen geht, das mit »Verzaubetung« beginnt, der die »Umwerbung« folgt, sich dann in »Wollust« steigert, um wiederum in »Lobgesang« sublimiert zu werden, der am Ende zur »Erhebung« führt und so die Stationen einer vollkommenen Ehe aufzeigt. Um mir irgendeinen Zugang zu den mir in ihrer überhöhten Sprachform fast wieder schlüpfrig erscheinenden Versen zu verschaffen, auch wenn es nur ein historischer wäre, fragte ich den Kenner italienischer Literatur, der mir schon zu Beginn meiner Suche mit einem Hinweis gedient hatte, nach Leopardi und dessen in Form der Idylle verfaßten Liebesgedichten an seine Kusine. Aber der Kenner der italienischen Literatur sagte nur »O Gott!«, und so fragte ich nicht weiter.

In jenem Winter las ich die Biographie der französischen Schriftstellerin Marguerite Yourcenar und stieß darin auf ihren Essay über Mishima, den ich vor langer Zeit gelesen hatte, als mir der spektakuläre Selbstmord des japanischen Schriftstellers noch im Gedächtnis war. In diesem Essay, so die Biographin der Marguerite Yourcenar, sei Leopardi im Zusammenhang mit Mishimas Roman »Schnee im Frühling« erwähnt, woran ich mich natürlich nicht erinnern konnte. Um etwas von der Bedeutung begreifen zu können, die Leopardi für den Verfasser des »Eidyllion« haben muß, las ich noch einmal den Essay von Marguerite Yourcenar und besorgte mir den Roman

Mishimas, der im Buchhandel nicht mehr erhältlich war. Leopardi selbst wollte ich nicht lesen. Ich suchte nach einem Zugang über Autoren meiner Zeit. Kurz vor dem Ende des Romans taucht auf dem Einband eines Buches, das ein junger Adliger im Verlauf der Geschichte liest, ausgelegt in blattgoldenen Lettern der Name Leopardi auf. Das ist alles. Kein Titel. Nur ein Name, ein einziges Mal genannt, wie ihn auch Marguerite Yourcenar nur einmal und eigentlich ohne erkennbaren Grund erwähnt. Es mag das Edle, das Formvollendete, das Erhabene sein, für das sie selbst, wie auch der Dichter Leopardi, steht und das, von goldenen Schriftzügen reflektiert, sich in »Schnee im Frühling« über das Gras und über die Leere legt.

Die Arbeit an dem Libretto wurde auch für mich zur Qual. Aber der Verlauf der Geschichte hatte mich mit dem Leben des schweren Mannes in Berührung gebracht, und ich konnte mich nicht mehr daraus zurückziehen. In einem seltsamen Zusammenspiel des Zufalls waren es zweimal Rituale der Liebe gewesen, die diese Berührung zum Inhalt hatten, zweifach verewigte Idealvorstellungen, niedergelegt in den Bildern seiner Hochzeit, über die er nicht spricht – *no vale la pena* – wie in den Versen dieser Hochzeitsgesänge, mit denen er nichts preisgibt.

Am Ende schrieb ich die dreihundert Zeilen um, sie wurden anspruchsloser, einfacher, weniger emphatisch. Ich weiß nicht, ob ich mit meinen Veränderungen den erwarteten Ton getroffen habe, aber für mich selbst stimmte er jetzt. Es war das Wissen um das nahe Ende des Mannes, das mich, jenseits seiner kalten und künstlichen Verse, angerührt hatte. Vielleicht war es auch die Todessehnsucht, die in den Gesängen Leopardis verborgen sein soll und die ihn vielleicht mit seinem Herausforderer verband. Ganz gleich, wie sein Vermächtnis auf mich wirkt, er hat darin einen Traum niedergelegt. Er hat ihn bewahrt, auch wenn er wie eine Flucht in die formalistische Idylle ferner, unerreichbarer Geisteswelten erscheint, in die nur er noch Zugang hatte und in die er hinabtauchte, wenn ihm die erreichbare Welt unerträglich geworden war. Aber er ist diesem Traum gefolgt. *Usque ad finem*, hätte er gesagt, bis ans Ende.

Ich habe meine Fassung per Einschreiben nach P. geschickt. Damit war der Vertrag erfüllt, bis auf einen, den letzten Punkt. Ein Foto von mir lag nicht dabei. Ob mein Brief die angegebene Adresse erreicht hat, habe ich nie erfahren. Im Mai kehrte ich von einer kurzen Reise zurück. Als ich nach Hause kam, fand ich eine Nachricht von meiner Gefährtin aus M. auf meinem Anrufbeantworter vor. Sie teilte mir mit, daß sie zufällig in P. vorbeigekommen sei und in der Bar einen Kaffee habe trinken wollen, sie aber verschlossen vorgefunden habe und dann zur Kirche gegangen sei. Dort sei die Lesung einer Messe angeschlagen gewesen, und als sie, ohne Absicht eigentlich, genauer hingeschaut habe, habe sie den Namen des Mannes gelesen, der im letzten Herbst im grünen Hemd auf der Terrasse der Bar gesessen hatte. Die Zeit, die er damals noch vor sich sah, war abgelaufen, schneller, als er gedacht hatte. So werde ich vermutlich die einzige sein, die von seinem Werk berichtet, denn die Musik, das hatte er ja gesagt, war noch in seinem Kopf – des Crescendos wegen.

Suhrkamp Verlag GmbH
Torstraße 44, 10119 Berlin
info@suhrkamp.de
www.suhrkamp.de